O corpo o luxo a obra

Herberto Helder

O CORPO O LUXO A OBRA

Seleção e apresentação
Jorge Henrique Bastos

Posfácio
Maria Lúcia Dal Farra

ILUMI//URAS

Coleção Vera Cruz
Dirigida por Maria Lúcia Dal Farra e Samuel Leon

Copyright © 2000
Herberto Helder

Copyright © desta edição
Editora Iluminuras Ltda.

Capa
Fê

Revisão: do autor

CIP-BRASIL. CATALOGAÇÃO NA PUBLICAÇÃO
SINDICATO NACIONAL DOS EDITORES DE LIVROS, RJ
H412c
Helder, Herberto, 1930-
O corpo, o luxo, a obra / Herberto Helder, seleção e apresentação Jorge
Henrique Bastos ; posfácio Maria Lúcia Dal Farra ; - 1. ed. 3. Reimp. - São
Paulo : Iluminuras, 2009.
160 p. ; 21 cm.

ISBN 978-85-7321-140-7

1. Poesia portuguesa. I. Bastos, Jorge Henrique. II. Título.

09-4623   CDD: 869.1
                                CDU: 821.134.3-1

2009
EDITORA ILUMINURAS LTDA.
Rua Inácio Pereira da Rocha, 389 - 05432-011 - São Paulo - SP - Brasil
Tel./Fax: 55 11 3031-6161
iluminuras@iluminuras.com.br
www.iluminuras.com.br

ÍNDICE

A GRAMÁTICA CRUEL DE HERBERTO HELDER 9
Jorge Henrique Bastos

O CORPO O LUXO A OBRA

A COLHER NA BOCA
Tríptico 15
Amor em Visita 17
Elegia Múltipla
   VI 25
   VII 27
As musas cegas
   V 29
   VII 32

POEMACTO
   I 35
   II 38

LUGAR
   II 43
   III 47
   VII 50

A MÁQUINA LÍRICA
A bicicleta pela lua dentro — mãe, mãe — 53
A menstruação quando na cidade passava 57
Em silêncio descobri essa cidade no mapa 60
Joelhos, salsa, lábios, mapa 62

CINCO CANÇÕES LACUNARES
Canção em quatro sonetos
    A maçã precipitada, os incêndios da noite 67
    Tantos nomes que não há para dizer silêncio 68
    Às vezes, sobre um soneto voraz e abrupto, passa 69
    Sobre os cotovelos a água olha o dia sobre 70

OS BRANCOS ARQUIPÉLAGOS
    O texto assim coagulado 71
    Geografia em pólvora, solitária brancura 71
    Nervuras respirantes, agulhas 72
    Massas implacáveis, tensas florações 73

ANTROPOFAGIAS
    Texto 2 75
    Texto 10 77
    Texto 11 79

COBRA
    A força do medo verga a constelação 81
    Os lençóis brilham como se 83
    A parede contempla a minha brancura 85
    As folhas ressudam da luz 87

O CORPO O LUXO A OBRA 89

PHOTOMATON & VOX
    (é uma dedicatória) 97
    (a carta da paixão) 100

FLASH
    Adolescentes repentinos 103
    Não te queria quebrada 105
    Há dias em que basta olhar 107

A CABEÇA ENTRE AS MÃOS
Mão: A mão 109
    O sangue bombeado na loucura 113

ÚLTIMA CIÊNCIA

1
Não cortem o cordão que liga o corpo 115
Cada sítio tem um mapa de luas 116

2
Transbordas toda em sangue e nome 117
Onde se escreve mãe e filho 118

3
Laranjas instântaneas 119
Pavões, glicínias, abelhas 119

4
A solidão de uma palavra 121
Ninguém sabe se o vento arrasta a lua 121
Quem bebe água exposta 122
A arte íngreme que pratico 122
O dia abre a cauda 123
O canteiro cheira à pedra 123

5
Gárgula 124

OS SELOS
A oferenda pode ser um chifre 125
Entre temperatura e visão 127
A poesia também pode ser isso 129
Doces criaturas de mãos levantadas 131

DO MUNDO

I
Pus-me a saber 133
Água sombria fechada 134
Rosas divagadas pelas roseiras 134

II
Pode colher-se na espera da árvore 135
Uma colher a transbordar de azeite 135
Leia-se esta paisagem da direita para a esquerda 136

III
Abre o buraco à força de homem 137
Folheie as mãos nas plainas 138
Tanto lavra as madeiras 139
Nem sempre se tem a voltagem das coisas 139

IV
Este que chegou ao seu poema 141
Trabalha naquilo antigo 142
Se se pudesse, se um insecto exímio 142
Sou eu, assimétrico 142
V
O astro peristáltico passado 144
Selaram-no com um nó vivo 144
Duro, o sopro e o sangue 145

POSFACIAL 149
Maria Lúcia Dal Farra

CRONOLOGIA 158

A GRAMÁTICA CRUEL
DE HERBERTO HELDER *

Jorge Henrique Bastos

Em Portugal, a exemplo das gerações surgidas na época das revistas *Orpheu* e *Portugal Futurista*, a década de 60 transformou-se no núcleo disseminador da modernidade que viria atuar sobre o rumo tomado pela poesia produzida naquele país. Tal década foi particularmente importante, tanto ao nível político-cultural, como no literário. Os fragores do Neo-realismo continuavam a provocar ciladas e os herdeiros do surrealismo aprimoravam suas vozes. O agrupamento conhecido como "Poesia 61" também despontara neste período, reinvindicava a sua independência e opunha-se à tendência torrencial dos surrealistas. Os poetas da década de 70 enveredaram por outros caminhos e reclamavam outras influências. No entanto, ambas gerações devem muito às antecessoras. A contenda serena entre tais grupos só beneficiou os poetas mais novos, embora a situação da poesia portuguesa atual não seja privilegiada. Antecipando o período de 60, e simultaneamente acompanhando-o, Herberto Helder conquistara o seu lugar e garantira a sua autonomia.

Nascido no Funchal, Ilha da Madeira, em 23.11.30, freqüentou o conhecido grupo do Café Gelo onde se reuniam Mário Cesariny, Antônio José Forte, João Vieira, entre outros. A publicação do primeiro livro *O Amor em Visita* dar-se-ia em 1958, três anos depois lança *A Colher na Boca* e *Poemacto*. A partir deste ponto, Herberto Helder construiu uma poética fascinante, dando início à desarticulação radical de toda a tradição da poesia portuguesa. Embora esteja ligado ao Surrealismo por desígnios meramente geracionais, o desenvolvimento da sua poesia demonstra que o caminho seguido distancia-se gradualmente dos postulados, revelando vias transversais de atuação e aprofundamento. Ao afastar-se deste alinhamento processual, o poeta norteia-se pela propulsão metafórica trabalhada simultaneamente com a minúcia da pesquisa e do estilhaçamento estilístico. A dispersão da escrita surrealista é substituída por uma voz encantatória. A fruição textual atinge o equilíbrio, mas o substrato que a mantém rege-se pelo ritmo turbulento e a opacidade concentrada: "E quando gela a mãe em sua distância amarga, a lua estiola,/ a paisagem regressa ao ventre, o tempo/ se desfibra — invento para ti a música, a loucura e o mar". Ciente da polifonia articulada, a gnose poética assume a animalidade concreta e a normalidade animal, secundando-a pela "retórica profunda" que exigia Baudelaire. A "inspiração tumultuosa"[1] do poeta deixa-se envolver por um movimento quase orgânico: "No entanto és tu que te moverás na matéria/ da minha boca, e serás uma árvore/ dormindo e acordando onde existe o meu sangue". O sistema desta poesia traceja uma órbita ascensional: volume, espaço e tempo são descompostos pela espessura da linguagem. Não existe tempo ou espaço para a criança, a mãe e a mulher, não há formas ou marcas, estão à deriva no não-tempo, tão voláteis como objetos indecifráveis: "As crianças enlouquecem em coisas de poesia./ Escutai um instante como ficam presas/ no alto desse grito, como a eternidade as acolhe/ enquanto gritam e gritam". Mãe, criança e linguagem formam uma tríade incestuosa que o poeta representa e traduz numa poesia que fala sobretudo no feminino. A representação nasce envolta no erotismo violento, espelhando o envolvimento entre corpo, espírito e objeto, e moldada na fulgurância platônica de onde esta poesia emerge: "As mulheres de ofício cantante que a Deus mostram a boca e o ânus/ e a mão vermelha sobre o sexo". A poesia é o sopro divino, a pronúncia da palavra primeva, a suspensão do pneuma universal: "— como se diz: pneuma,/ terrífica é a terra e no entanto nada mais do que um

---

1) A expressão é de Maria Estela Guedes do livro *Herberto Helder, poeta obscuro*. Lisboa, Ed. Moraes, 1979.

pouco: criar matérias —/ e depois, a nossos pés, constelações (...)/ faz um segredo, isso: caldeia/ os artefactos;/ ouro que transborda,/ e o mundo". A sua inegável capacidade de transmutar a matéria verbal projeta a linguagem na dança vertiginosa dos ritmos, absorve os sentidos, as ressonâncias; as cifras do poeta aceleram o movimento que ondeia em direção à substância visceral da língua. O poeta capta as palavras através da lucidez dolorosa, desestruturando o teor funcional, despertando-lhes o sentido primogênito: "Que se coma o idioma bárbaro, palpitação da lêveda/ substância dos vocábulos:/ no prato. Eu devoro. Às vezes electrocutado, uma ígnea linha escrita/ para dizer o abastecimento de estrelas/ em cal escaldando, da poesia". Ele torneia a linguagem como se estivesse a eletrificar as palavras entre si: "Não sabes onde um cometa se despenha como/ se um rio de quartzo por trás de tudo quebrado a meio do escuro,/ deslumbrando por ali abaixo./ O teu espaço, clarão a página inteira". Os limites desta poética estão minados, ela torna-se compacta ao acumular a energia do deslocamento metonímico e da gravitação metafórica. Herberto Helder impulsiona a viva encantação das palavras, o abalo que a sua poesia provoca é um dos mais profundos que a literatura de língua portuguesa já sofreu. Poeta que reescreve sem cessar, é criador/destruidor de uma gramática peculiaríssima. A transgressão regula a pontuação, os padrões são sujeitos à sua consciente desorganização, o fluxo verbal se alastra animalizando o poema: "E dentro de mim, rompendo peixes,/ uma noite sensível cor de martelos./ Esse grito, essa vírgula, esse amor, esse/ martelo louco (...) Gritando, cor de martelo, em peixes/ com som de rosas:// Castiçal, silveira, linho — e:// porta porta".

A irredutibilidade desta poesia converge para a aglutinação total, transgredindo os cânones da tradição e ultrapassando as fronteiras. Poesia decisiva e órfã, a insubmissão de Herberto Helder é única na generalidade da literatura de língua portuguesa. Poeta sábio e lúcido, a sua obra faz-se distante das luzes dos acontecimentos, sob a égide da "solidão essencial" proclamada por Blanchot[2]. Repetiria as palavras de Jean-Pierre Richard ao dizer que a poesia

---

2) Ver capítulos iniciais, e apêndices, de *L'Espace Literaire*. Paris, Gallimard, 1963.

"est aussi le plus souvent travail, souffrance"[3]. Nada mais correto para explicar algo deste poeta. No panorama da poesia contemporânea mundial aparecida nos últimos quarenta anos, é difícil encontrar algum paralelo. Herberto Helder não precisa reinvindicar um lugar, pois ele esteve sempre preenchido. E, hoje, mais do que nunca, é o momento de reconhecer a exuberância deste enorme poeta genuinamente barroco, constelar.

---

3) In *Onze Étude sur la Poésie Moderne*. Paris, Seuil, 1964.

O CORPO O LUXO A OBRA

A COLHER NA BOCA
— 1953-1960 —

TRÍPTICO

III

Todas as coisas são mesa para os pensamentos
onde faço minha vida de paz
num peso íntimo de alegria como um existir de mão
fechada puramente sobre o ombro.
— Junto a coisas magnânimas de água
e espíritos,
a casas e achas de manso consumindo-se,
ervas e barcos altos — meus pensamentos criam-se
com um outrora lento, um sabor
de terra velha e pão diurno.

E em cada minuto a criatura
feliz do amor, a nua criatura
da minha história de desejo,
inteiramente se abre em mim como um tempo,
uma pedra simples,
ou um nascer de bichos num lugar de maio.

Ela explica tudo, e o vir para mim —
como se levantam paredes brancas
ou se dão festas nos dedos espantados das crianças

— é a vida ser redonda
com seus ritmos sobressaltados e antigos.

Tudo é trigo que se coma e ela
é o trigo das coisas,
o último sentido do que acontece pelos dias dentro.

Espero cada momento seu
como se espera o rebentar das amoras
e a suave loucura das uvas sobre o mundo.
— E o resto é uma altura oculta,
um leite e uma vontade de cantar.

O AMOR EM VISITA

Dai-me uma jovem mulher com sua harpa de sombra
e seu arbusto de sangue. Com ela
encantarei a noite.
Dai-me uma folha viva de erva, uma mulher.
Seus ombros beijarei, a pedra pequena
do sorriso de um momento.
Mulher quase incriada, mas com a gravidade
de dois seios, com o peso lúbrico e triste
da boca. Seus ombros beijarei.

Cantar? Longamente cantar.
Uma mulher com quem beber e morrer.
Quando fora se abrir o instinto da noite e uma ave
o atravessar trespassada por um grito marítimo
e o pão for invadido pelas ondas —
seu corpo arderá mansamente sob os meus olhos palpitantes.
Ele — imagem vertiginosa e alta de um certo pensamento
de alegria e de impudor.
Seu corpo arderá para mim
sobre um lençol mordido por flores com água.

Em cada mulher existe uma morte silenciosa.
E enquanto o dorso imagina, sob os dedos,
os bordões da melodia,
a morte sobe pelos dedos, navega o sangue,
desfaz-se em embriaguez dentro do coração faminto.
— Oh cabra no vento e na urze, mulher nua sob
as mãos, mulher de ventre escarlate onde o sal põe o espírito,

mulher de pés no branco, transportadora
da morte e da alegria.

Dai-me uma mulher tão nova como a resina
e o cheiro da terra.
Com uma flecha em meu flanco, cantarei.
E enquanto manar de minha carne uma videira de sangue,
cantarei seu sorriso ardendo,
suas mamas de pura substância,
a curva quente dos cabelos.
Beberei sua boca, para depois cantar a morte
e a alegria da morte.

Dai-me um torso dobrado pela música, um ligeiro
pescoço de planta,
onde uma chama comece a florir o espírito.
À tona da sua face se moverão as águas,
dentro da sua face estará a pedra da noite.
— Então cantarei a exaltante alegria da morte.

Nem sempre me incendeiam o acordar das ervas e a estrela
despenhada de sua órbita viva.
— Porém, tu sempre me incendeias.
Esqueço o arbusto impregnado de silêncio diurno, a noite
imagem pungente
com seu deus esmagado e ascendido.
— Porém, não te esquecem meus corações de sal e de brandura.
Entontece meu hálito com a sombra,
tua boca penetra a minha voz como a espada
se perde no arco.
E quando gela a mãe em sua distância amarga, a lua
estiola, a paisagem regressa ao ventre, o tempo
se desfibra — invento para ti a música, a loucura
e o mar.

Toco o peso da tua vida: a carne que fulge, o sorriso,
a inspiração.
E eu sei que cercaste os pensamentos com mesa e harpa.
Vou para ti com a beleza oculta,
o corpo iluminado pelas luzes longas.
Digo: eu sou a beleza, seu rosto e seu durar. Teus olhos
transfiguram-se, tuas mãos descobrem
a sombra da minha face. Agarro tua cabeça
áspera e luminosa, e digo: ouves, meu amor?, eu sou
aquilo que se espera para as coisas, para o tempo —
eu sou a beleza.
Inteira, tua vida o deseja. Para mim se erguem
teus olhos de longe. Tu própria me duras em minha velada
beleza.

Então sento-me à tua mesa. Porque é de ti
que me vem o fogo.
Não há gesto ou verdade onde não dormissem
tua noite e loucura,
não há vindima ou água
em que não estivesses pousando o silêncio criador.
Digo: olha, é o mar e a ilha dos mitos
originais.
Tu dás-me a tua mesa, descerras na vastidão da terra
a carne transcendente. E em ti
principiam o mar e o mundo.

Minha memória perde em sua espuma
o sinal e a vinha.
Plantas, bichos, águas cresceram como religião
sobre a vida — e eu nisso demorei
meu frágil instante. Porém
teu silêncio de fogo e leite repõe a força
maternal, e tudo circula entre teu sopro
e teu amor. As coisas nascem de ti
como as luas nascem dos campos fecundos,

os instantes começam da tua oferenda
como as guitarras tiram seu início da música nocturna.

Mais inocente que as árvores, mais vasta
que a pedra e a morte,
a carne cresce em seu espírito cego e abstracto,
tinge a aurora pobre,
insiste de violência a imobilidade aquática.
E os astros quebram-se em luz sobre
as casas, a cidade arrebata-se,
os bichos erguem seus olhos dementes,
arde a madeira — para que tudo cante
pelo teu poder fechado.

Com minha face cheia de teu espanto e beleza,
eu sei quanto és o íntimo pudor
e a água inicial de outros sentidos.

Começa o tempo onde a mulher começa,
é sua carne que do minuto obscuro e morto
se devolve à luz.
Na morte referve o vinho, e a promessa tinge as pálpebras
com uma imagem.
Espero o tempo com a face espantada junto ao teu peito
de sal e de silêncio, concebo para minha serenidade
uma ideia de pedra e de brancura.
És tu que me aceitas em teu sorriso, que ouves,
que te alimentas de desejos puros.
E une-se ao vento o espírito, rarefaz-se a auréola,
a sombra canta baixo.

Começa o tempo onde a boca se desfaz na lua,
onde a beleza que transportas como um peso árduo
se quebra em glória junto ao meu flanco
martirizado e vivo.

— Para consagração da noite erguerei um violino,
beijarei tuas mãos fecundas, e à madrugada
darei minha voz confundida com a tua.
Oh teoria de instintos, dom de inocência,
taça para beber junto à perturbada intimidade
em que me acolhes.

Começa o tempo na insuportável ternura
com que te adivinho, o tempo onde
a vária dor envolve o barro e a estrela, onde
o encanto liga a ave ao trevo. E em sua medida
ingénua e cara, o que pressente o coração
engasta seu contorno de lume ao longe.
Bom será o tempo, bom será o espírito,
boa será nossa carne presa e morosa.
— Começa o tempo onde se une a vida
à nossa vida breve.

Estás profundamente na pedra e a pedra em mim, ó urna
salina, imagem fechada em sua força e pungência.
E o que se perde de ti, como espírito de música estiolado
em torno das violas, a morte que não beijo,
a erva incendiada que se derrama na íntima noite
— o que se perde de ti, minha voz o renova
num estilo de prata viva.

Quando o fruto empolga um instante a eternidade
inteira, eu estou no fruto como sol
e desfeita pedra, e tu és o silêncio, a cerrada
matriz de sumo e vivo gosto.
— E as aves morrem para nós, os luminosos cálices
das nuvens florescem, a resina tinge
a estrela, o aroma distancia o barro vermelho da manhã.
E estás em mim como a flor na ideia
e o livro no espaço triste.

Se te aprendessem minhas mãos, forma do vento
na cevada pura, de ti viriam cheias
minhas mãos sem nada. Se uma vida dormisses
em minha espuma,
que frescura indecisa ficaria no meu sorriso?
— No entanto és tu que te moverás na matéria
da minha boca, e serás uma árvore
dormindo e acordando onde existe o meu sangue.

Beijar teus olhos será morrer pela esperança.
Ver no aro de fogo de uma entrega
tua carne de vinho roçada pelo espírito de Deus
será criar-te para luz dos meus pulsos e instante
do meu perpétuo instante.
— Eu devo rasgar minha face para que a tua face
se encha de um minuto sobrenatural,
devo murmurar cada coisa do mundo
até que sejas o incêndio da minha voz.

As águas que um dia nasceram onde marcaste o peso
jovem da carne aspiram longamente
a nossa vida. As sombras que rodeiam
o êxtase, os bichos que levam ao fim do instinto
seu bárbaro fulgor, o rosto divino
impresso no lodo, a casa morta, a montanha
inspirada, o mar, os centauros
do crepúsculo
— aspiram longamente a nossa vida.

Por isso é que estamos morrendo na boca
um do outro. Por isso é que
nos desfazemos no arco do verão, no pensamento
da brisa, no sorriso, no peixe,
no cubo, no linho,
no mosto aberto
— no amor mais terrível do que a vida.

Beijo o degrau e o espaço. O meu desejo traz
o perfume da tua noite.
Murmuro os teus cabelos e o teu ventre, ó mais nua
e branca das mulheres. Correm em mim o lacre
e a cânfora, descubro tuas mãos, ergue-se tua boca
ao círculo de meu ardente pensamento.
Onde está o mar? Aves bêbedas e puras que voam
sobre o teu sorriso imenso.
Em cada espasmo eu morrerei contigo.

E peço ao vento: traz do espaço a luz inocente
das urzes, um silêncio, uma palavra;
traz da montanha um pássaro de resina, uma lua
vermelha.
Oh amados cavalos com flor de giesta nos olhos novos,
casa de madeira do planalto,
rios imaginados,
espadas, danças, superstições, cânticos, coisas
maravilhosas da noite. Ó meu amor,
em cada espasmo eu morrerei contigo.

De meu recente coração a vida inteira sobe,
o povo renasce,
o tempo ganha a alma. Meu desejo devora
a flor do vinho, envolve tuas ancas com uma espuma
de crepúsculos e crateras.
Ó pensada corola de linho, mulher que a fome
encanta pela noite equilibrada, imponderável —
em cada espasmo eu morrerei contigo.

E à alegria diurna descerro as mãos. Perde-se
entre a nuvem e o arbusto o cheiro acre e puro
da tua entrega. Bichos inclinam-se
para dentro do sono, levantam-se rosas respirando
contra o ar. Tua voz canta
o horto e a água — e eu caminho pelas ruas frias com

o lento desejo do teu corpo.
Beijarei em ti a vida enorme, e em cada espasmo
eu morrerei contigo.

ELEGIA MÚLTIPLA

VI

São claras as crianças como candeias sem vento,
seu coração quebra o mundo cegamente.
E eu fico a surpreendê-las, embebido no meu poema,
pelo terror dos dias, quando
em sua alma os parques são maiores e as águas turvas param
junto à eternidade. As crianças criam. São esses os espaços
onde nascem as suas árvores.

Enquanto as campânulas se purificam no cimo do fogo,
as crianças esmigalham-se.
Seu sangue evoca
a tristeza, tristeza, a tristeza
primordial.
— Enlouquecem depressa caídas no milagre. Entram
pelos séculos
entre cardumes frios, com o corpo espetado nas luzes
e o olhar infinito de quem não possui alma.

Seu grito remonta ao verão. Inspira-as
a velocidade da terra.
As crianças enlouquecem em coisas de poesia.
Escutai um instante como ficam presas
no alto desse grito, como a eternidade as acolhe
enquanto gritam e gritam.

— É-lhes dado o pequeno tempo de um sono
de onde saem
assombradas e altas. Tudo nelas se alimenta.
Dali a vida de um poema tira
por um lado apaixonadamente; por outro,
purificação.
Nelas se festeja a imensidade
dos meses, a melancolia, a silenciosa
pureza do mundo.

Quem há-de pensar para as crianças, sem ter
espinhos nas vozes desertas
até ao fundo? É vendo-se aos espelhos,
no seguimento da noite,
que as crianças aparecem com o horror
da sua candura, as crianças fundamentais, as grandes
crianças vigiadoras —
cantando, pensando, dormindo loucamente.

Não há laranjas ou brasas ou facas iluminadas
que a vingança não afaste.
As crianças invasoras percorrem
os nomes — enchem de uma fria
loucura inteligente
as raízes e as folhas da garganta.
Aprendemos com elas os corredores do ar,
a iluminação, o mistério
da carne. Partem depois, sangrentas,
inomináveis. Partem de noite
noite — extremas e únicas.
— E nada mais somos do que o Poema onde as crianças
se distanciam loucamente.

Loucamente.

VII

Os ombros estremecem-me com a inesperada onda dos meus
vinte e nove anos. Devo despedir-me de ti,
amanhã morrerei.
Talvez eu comece a morrer na tua mão direita,
alterosa e quente na minha mão
sufocada. Agora mesmo na europa
começa a vagarosa iluminação das giestas. É a minha vida
percorrida por um álcool penetrante, é a imediata
atenção ao misterioso trabalho da idade.

Vinte e nove anos agora, na europa, sobre os canais
sombrios da carne, sobre um vasto segredo.
Será apenas isto, um ponto móvel
da eternidade, isto — a sufocação veloz e profunda
da vida inteira na minha garganta? E depois
o acender das luzes, bruxelas como uma câmara
de archotes e ao alto as ameias
enevoadas dos astros? Devo olhar com uma grande
memória aquilo que acaba na violência triste
do poema.

Estamos nos quartos, há flores nas mesas. De babilónia
partem rios. Por detrás das cortinas,
despeço-me. Amanhã vou morrer. Tenho
vinte e nove bocas urdindo
a falsa doçura da confusão. Os países constroem
a torre sombria do amor. Dá-me a tua mão

pensativa e antiga, deixa que se queime ainda um instante
a loucura masculina
da minha vida. Pensa um pouco na beleza
ignota das coisas: peixes, flores, o sono terrível
das pessoas ou o seu respirar
que arde e brilha e se apaga à superfície
das lágrimas ocultas. Pensa um pouco no sorriso
rapidíssimo
que jamais desaparece do silêncio, na candeia
que cobre com agulhas de ouro os escombros
dos lírios. E por cima de tudo estende
a tua pequena mão eterna. Cai
tu própria na treva quente da minha
cega mão masculina de vinte
e nove
anos. Tenho vinte e nove anos ou uma onda
inesperada que me estremece a carne ou a minha garganta
cheia de sangue actual — amanhã morrerei.

Vi um dia alguém tomar nas mãos, entre faúlhas
velozes, pedras que pareciam
imortais. Eram casas que se levantavam
sobre o meu coração. Vi que tomavam
animais feridos, flores imaturas, objectos
breves, imagens instantâneas e perdidas. Faziam
alguma coisa eterna. Era gente
de vinte e nove anos que se despedia dolorosa
pormenorizada
violentamente de uma parte da sua carne, a parte
mais iluminada da sua
carne de vinte e nove anos. Amanhã
morrerei.

AS MUSAS CEGAS

V

Esta linguagem é pura. No meio está uma fogueira
e a eternidade das mãos. Esta linguagem é colocada e extrema e cobre, com suas
lâmpadas, todas as coisas.
As coisas que são uma só no plural dos nomes.
— E nós estamos dentro, subtis, e tensos
na música.

Esta linguagem era o disposto verão das musas,
o meu único verão.
A profundidade das águas onde uma mulher
mergulha os dedos, e morre.
Onde ela ressuscita indefinidamente.
— Porque uma mulher toma-me
em suas mãos livres e faz de mim
um dardo que atira. — Sou amado,
multiplicado, difundido. Estou secreto, secreto —
e doado às coisas mínimas.

Na treva de uma carne batida como um búzio
pelas cítaras, sou uma onda.
Escorre minha vida imemorial pelos meandros
cegos. Sou esperado contra essas veias soturnas, no meio
dos ossos quentes. Dizem o meu nome: Torre.
E de repente eu sou uma torre queimada

pelos relâmpagos. Dizem: ele é uma palavra.
E chega o verão, e eu sou exactamente uma Palavra.
— Porque me amam até se despedaçarem todas as portas,
e por detrás de tudo, num lugar muito puro,
todas as coisas se unirem numa espécie de forte silêncio.

Essa mulher cercou-me com as duas mãos.
Vou entrando no seu tempo com essa cor de sangue,
acendo-lhe as falangetas,
faço um ruído tombado na harmonia das vísceras.
Seu rosto indica que vou brilhar perpetuamente.
Sou eterno, amado, análogo.
Destruo as coisas.

Toda a água descendo é fria, fria.
Os veios que escorrem são a imensa lembrança. Os velozes
sóis que se quebram entre os dedos,
as pedras caídas sobre as partes mais trémulas
da carne,
tudo o que é húmido, e quente, e fecundo,
e terrivelmente belo
— não é nada que se diga com um nome.
Sou eu, uma ardente confusão de estrela e musgo.

E eu, que levo uma cegueira completa e perfeita, acendo
lírio a lírio todo o sangue interior,
e a vida que se toca de uma escoada
recordação.

Toda a juventude é vingativa.
Deita-se, adormece, sonha alto as coisas da loucura.
Um dia acorda com toda a ciência, e canta
ou o mês antigo dos mitos, ou a cor que sobe
pelos frutos,
ou a lenta iluminação da morte como espírito

nas paisagens de uma inspiração.
A mulher pega nessa pedra tão jovem,
e atira-a para o espaço.
Sou amado. — E é uma pedra celeste.

Há gente assim, tão pura. Recolhe-se com a candeia
de uma pessoa. Pensa, esgota-se, nutre-se
desse quente silêncio.
Há gente que se apossa da loucura, e morre, e vive.
Depois levanta-se com os olhos imensos
e incendeia as casas, grita abertamente as giestas,
aniquila o mundo com o seu silêncio apaixonado.
Amam-me, multiplicam-me.
Só assim eu sou eterno.

VII

Bate-me à porta, em mim, primeiro devagar.
Sempre devagar, desde o começo, mas ressoando depois,
ressoando violentamente pelos corredores
e paredes e pátios desta própria casa
que eu sou. Que eu serei até não sei quando.
É uma doce pancada à porta, alguma coisa
que desfaz e refaz um homem. Uma pancada
breve, breve —
e eu estremeço como um archote. Eu diria
que cantam, depois de baterem, que a noite
se move um pouco para a frente, para a eternidade.
Eu diria que sangra um ponto secreto
do meu corpo, e a noite estala imperceptivelmente
ou se queima como uma face. Escuta:
que a noite vagarosamente se queima
como a minha face.

Essa criança tem boca, há tantas finas raízes
que sobem do meu sangue. Um novo instrumento,
uma taça situou-se na terra, e há tantas
finas raízes que sobem do meu sangue. E uma candeia,
uma flor, uma pequena lira,
podem erguer-se de um rio de sangue, sobre o mundo —
um novo instrumento rodeado pelas campânulas
inclinadas, por ligeiras pedras húmidas,
pelos animais que movem no seu calmo halo de fogo
as grandes cabeças sonhadoras.

Essa criança dorme sobre os meus lagos de treva.
Pensei algumas palavras para oferecer-lhe. Esqueço-me
tantas vezes dos mistérios dessa porta.
Porque então é muito estreita com seus espelhos
detrás, com o vestíbulo frio.
Mas é tão belo uma criança ainda enevoada,
uma criança que ascende como uma
grande música
desta rede de ossos, deste espinho do sexo,
da confusa pungência, escuta: da pungente
confusão
de um homem restrito com a sua vida tão lenta.

Essa criança é uma coisa que está nos meus dedos.
Às vezes debruço-me sobre as cisternas, e as vertigens,
e as virilhas em chama.
É a minha vida. Mas essa criança
é tão brusca, tão brusca, ela destrói e aumenta
o meu coração.
No outono eu olhava as águas lentas,
ou as pistas deixadas na neve
de fevereiro, ou a cor feroz,
ou a arcada do céu com um silêncio completo.
Misturava-se o vinho dentro de mim, misturava-se
a ciência na minha carne
atónita. Escuta: cada vez a minha vida
é mais hermética.
Essa criança tem os pés na minha boca
dolorosa.

Se ela um dia adormecer com cerejas junto ao pequeno
respirar, e sonhar
estes imensos arcos que os séculos vão colocando
sob os astros — e se de tudo
a sua cabeça estremecer como numa loucura,
com altos picos em volta, com enormes faróis

acendendo e apagando — escuta: se essa criança
imaginar, e todas as cordas se juntarem tensamente
para que ela invente o seu próprio rio
sem nome —
será ainda que do meu sangue se erguem finas
raízes, e o tenebroso tumulto
das minhas sombras
está no fundo, no fundo da sua ingénua vida,
da sua terrível vida sem remédio.
Se ela morrer, escuta, será que a minha boca
diz lá em baixo
essas majestosas e violentas palavras
dos poemas.

Essa criança que aperta as veias que iluminam
a minha garganta. Ela dorme. Escuta:
a sua vida estala como uma brasa, a sua vida
deslumbrante estala e aumenta.
Se um dia os archotes incendiarem essa boca,
e as faúlhas cercarem
o silêncio tremendo dessa pequena boca, escuta:

a minha boca, lá em baixo, está coberta de fogo.

POEMACTO
— 1961 —

I

Deito-me, levanto-me, penso que é enorme cantar.
Uma vara canta branco.
Uma cidade canta luzes.
Penso agora que é profundo encontrar as mãos.
Encontrar instrumentos dentro da angústia:
clavicórdios e liras ou alaúdes
intencionados.
Cantar rosáceas de pedra no nevoeiro.
Cantar o sangrento nevoeiro.
O amor atravessado por um dardo
que estremece o homem até às bases.

Cantar o nosso próprio dardo atirado
ao bicho que atravessa o mundo.
Ao nome que sangra.
Que vai sangrando e deixando um rastro
pela culminante noite fora.
Isso é o nome do amor que é o nome
do canto. Canto na solidão.
O amor obsessivo.
A obsessiva solidão cantante.
Deito-me, e é enorme. É enorme levantar-se,
cegar, cantar.
Ter as mãos como o nevoeiro a arder.

As casas são fabulosas, quando digo:
casas. São fabulosas
as mulheres, se comovido digo:
as mulheres.
As cortinas ao cimo nas janelas
faíscam como relâmpagos. Eu vivo
cantando as mulheres incendiárias
e a imensa solidão
verídica como um copo.
Porque um copo canta na minha boca.
Canta a bebida em mim.
Veridicamente, eu canto no mundo.

Que falem depressa. Estendam-se
no meu pensamento.
Mergulhem a voz na minha
treva como uma garganta.
Porque eu tanto desejaria acordar
dentro da vossa voz na minha boca.
Agora sei que as estrelas são habitadas.
Vossa existência dura e quente
é a massa de uma estrela.
Porque essa estrela canta no sítio
onde vai ser a minha vida.

Queimais as vossas noites em honra
do meu amor. O amor é forte.
Que coisa forte que é a loucura.
Porque a loucura canta minada de portas.
Nós saímos pelas portas, nós
entramos para o interior da loucura.
As cadeiras cantam os que estão sentados.
Cantam os espelhos a mocidade
adjectiva dos que se olham.
Estou inquieto e cego. Canto.

A morte canta-me ao fundo.
É um canto absoluto.

Imagino o meu corpo, uma colina.
Meu corpo escada de estrela.
Nata. Flecha. Objecto cantante.
Corpo com sua morte que canta.
Imagino uma colina com vozes.
Uma escada com canto de estrela.
Imagino essa espessa nata cantante.
Uma que canta flecha.
Imagino a minha voz total da morte.
Porque tudo canta e cantar é enorme.

Imagino a delicadeza. A subtileza.
O toque quase aéreo, quase
aereamente brutal.
Ser tocado pelas vozes como ser ferido
pelos dedos, pelos rudes cravos
da planície.
Ser acordado, acordado.
Porque cantar é um subterrâneo.
Depois é um pátio.
Imagino que as vozes são escadas.
Vozes para atingir o canto.
O canto é o meu corpo purificado.

Porque o meu corpo tem uma sua morte
tocada incendiariamente.
A morte — diz o canto — é o amor enorme.
É enorme estar cego.
Canta o meu grande corpo cego.
Reluzir ao alto pelo silêncio dentro.
O silêncio canta alojado na morte.
Deito-me, levanto-me, penso que é enorme cantar.

II

Minha cabeça estremece com todo o esquecimento.
Eu procuro dizer como tudo é outra coisa.
Falo, penso.
Sonho sobre os tremendos ossos dos pés.
É sempre outra coisa, uma
só coisa coberta de nomes.
E a morte passa de boca em boca
com a leve saliva,
com o terror que há sempre
no fundo informulado de uma vida.

Sei que os campos imaginam as suas
próprias rosas.
As pessoas imaginam seus próprios campos
de rosas. E às vezes estou na frente dos campos
como se morresse;
outras, como se agora somente
eu pudesse acordar.

Por vezes tudo se ilumina.
Por vezes sangra e canta.
Eu digo que ninguém se perdoa no tempo.
Que a loucura tem espinhos como uma garganta.
Eu digo: roda ao longe o outono,
e o que é o outono?
As pálpebras batem contra o grande dia masculino
do pensamento.

Deito coisas vivas e mortas no espírito da obra.
Minha vida extasia-se como uma câmara de tochas.
— Era uma casa — como direi? — absoluta.
Eu jogo, eu juro.
Era uma casinfância.
Sei como era uma casa louca.
Eu metia as mãos na água: adormecia,
relembrava.
Os espelhos rachavam-se contra a nossa mocidade.

Apalpo agora o girar das brutais,
líricas rodas da vida.
Há no meu esquecimento, ou na lembrança
total das coisas,
uma rosa como uma alta cabeça,
um peixe como um movimento
rápido e severo.
Uma rosapeixe dentro da minha ideia
desvairada.
Há copos, garfos inebriados dentro de mim.
— Porque o amor das coisas no seu
tempo futuro
é terrivelmente profundo, é suave,
devastador.

As cadeiras ardiam nos lugares.
Minhas irmãs habitavam ao cimo do movimento
como seres pasmados.
Às vezes riam alto. Teciam-se
em seu escuro terrífico.
A menstruação sonhava podre dentro delas,
à boca da noite.
Cantava muito baixo.

Parecia fluir.
Rodear as mesas, as penumbras fulminadas.
Chovia nas noites terrestres.
Eu quero gritar paralém da loucura terrestre.
— Era húmido, destilado, inspirado.

Havia rigor. Oh, exemplo extremo.
Havia uma essência de oficina.
Uma matéria sensacional no segredo das fruteiras,
com suas maçãs centrípetas
e as uvas pendidas sobre a maturidade.
Havia a magnólia quente de um gato.
Gato que entrava pelas mãos, ou magnólia
que saía da mão para o rosto
da mãe sombriamente pura.
Ah, mãe louca à volta, sentadamente
completa.
As mãos tocavam por cima do ardor
a carne como um pedaço extasiado.

Era uma casabsoluta — como
direi? — um
sentimento onde algumas pessoas morreriam.
Demência para sorrir elevadamente.
Ter amoras, folhas verdes, espinhos
com pequena treva por todos os cantos.
Nome no espírito como uma rosa peixe.

— Prefiro enlouquecer nos corredores arqueados
agora nas palavras.
Prefiro cantar nas varandas interiores.
Porque havia escadas e mulheres que paravam
minadas de inteligência.
O corpo sem rosáceas, a linguagem
para amar e ruminar.
O leite cantante.

Eu agora mergulho e ascendo como um copo.
Trago para cima essa imagem de água interna.
— Caneta do poema dissolvida no sentido
primacial do poema.
Ou o poema subindo pela caneta,
atravessando seu próprio impulso,
poema regressando.
Tudo se levanta como um cravo,
uma faca levantada.
Tudo morre o seu nome noutro nome.

Poema não saindo do poder da loucura.
Poema como base inconcreta de criação.
Ah, pensar com delicadeza,
imaginar com ferocidade.
Porque eu sou uma vida com furibunda
melancolia,
com furibunda concepção. Com
alguma ironia furibunda.

Sou uma devastação inteligente.
Com malmequeres fabulosos.
Ouro por cima.
A madrugada ou a noite triste tocadas
em trompete. Sou
alguma coisa audível, sensível.
Um movimento.
Cadeira congeminando-se na bacia,
feita o sentar-se.
Ou flores bebendo a jarra.
O silêncio estrutural das flores.
E a mesa por baixo.
A sonhar.

LUGAR
— 1961-1962 —

II

Há sempre uma noite terrível para quem se despede
do esquecimento. Para quem sai,
ainda louco de sono, do meio
de silêncio. Uma noite
ingénua para quem canta.
Deslocada e abandonada noite onde o fogo se instalou
que varre as pedras da cabeça.
Que mexe na língua a cinza desprendida.

E alguém me pede: canta.
Alguém diz, tocando-me com seu livre delírio:
canta até te mudares em azul,
ou estrela electrocutada, ou em homem
nocturno. Eu penso
também que cantaria para além das portas até
raízes de chuva onde peixes
cor de vinho se alimentam
de raios, raios límpidos.
Até à manhã orçando
pedúnculos e gotas ou teias que balançam
contra o hálito.
Até à noite que retumba sobre as pedreiras.
Canta — dizem em mim — até ficares
como um dia órfão contornado

por todos os estremecimentos.
E eu cantarei transformando-me em campo
de cinza transtornada.
Em dedicatória sangrenta.

Há em cada instante uma noite sacrificada
ao pavor e à alegria.
Embatente com suas morosas trevas.
Desde o princípio, uma onda que se abre
no corpo, degraus e degraus de uma onda.
E alaga as mãos que brilham e brilham.
Digo que amaria o interior da minha canção,
seus tubos de som quente e soturno.
Há uma roda de dedos no ar.
A língua flamejante.
Noite, uma inextinguível
inexprimível
noite. Uma noite máxima pelo pensamento.
Pela voz entre as águas tão verdes no sono.
Antiguidade que se transfigura, ladeada
por gestos ocupados no lume.

Pedem tanto a quem ama: pedem
o amor. Ainda pedem
a solidão e a loucura.
Dizem: dá-nos a tua canção que sai da sombra fria.
E eles querem dizer: tu darás a tua existência
ardida, a pura mortalidade.
Às mulheres amadas darei as pedras voantes,
uma a uma, os pára —
— raios altíssimos da voz.
As raizes afogadas no nascimento. Darei o sono
onde um copo fala
fusiforme
batido pelos dedos. Pedem tudo aquilo em que respiro.
Dá-nos tua ardente e sombria transformação.

E eu darei cada uma das minhas semanas transparentes,
lentamente uma sobre a outra.
Quando se esclarecem as portas que rodam
para o lugar da noite. Noite
de uma voz
humana. De uma acumulação
atrasada e sufocante.

Há sempre sempre uma ilusão abismada
numa noite, numa vida. Uma ilusão sobre o sono debaixo
do cruzamento do fogo.
Prodígio para as vozes de uma vida repentina.

E se aquele que ama dorme, as mulheres que ele ama
sentam-se e dizem:
ama-nos. E ele ama-as.
Desaperta uma veia, começa a delirar, vê
dentro de água os grandes pássaros e o céu habitado
pela vida quimérica das pedras.
Vê que os jasmins gritam nos galhos das chamas.
Ele arranca os dedos armados pelo fogo
o oferece-os à noite fabulosa.
Ilumina de tantos dedos
a cândida variedade das mulheres amadas.
E se ele acorda, então dizem-lhe
que durma e sonhe.
E ele morre e passa de um dia para outro.
Inspira os dias, leva os dias
para o meio da eternidade, e Deus ajuda
a amarga beleza desses dias.
Até que Deus é destruído pelo extremo exercício
da beleza.

Porque não haverá paz para aquele que ama.
Seu ofício é incendiar povoações, roubar
e matar,

e alegrar o mundo, e aterrorizar,
e queimar os lugares reticentes deste mundo.
Deve apagar todas as luzes da terra e, no meio
da noite aparecente,
votar a vida à interna fonte dos povos.
Deve instaurar o corpo e subi-lo,
lanço a lanço,
cantando leve e profundo.
Com as feridas.
Com todas as flores hipnotizadas.

Deve ser aéreo e implacável.

Sobre o sono envolvida pelas gotas
abaladas, no meio de espinhos, arrastando as primitivas
pedras. Sobre o interior
da respiração com sua massa
de apagadas estrelas. Noite alargada
e terrível terrível noite para uma voz
se libertar. Para uma voz dura,
uma voz somente. Uma vida expansiva e refluída.

Se pedem: canta, ele deve transformar-se no som.
E se as mulheres colocam os dedos sobre
a sua boca e dizem que seja como um violino penetrante,
ele não deve ser como o maior violino.
Ele será o único único violino.
Porque nele começará a música dos violinos gerais
e acabará a inovação cantada.
Porque aquele que ama nasce e morre.
Vive nele o fim espalhado da terra.

III

As mulheres têm uma assombrada roseira
fria espalhada no ventre.
Uma quente roseira às vezes, uma planta
de treva.
Ela sobe dos pés e atravessa
a carne quebrada.
Nasce dos pés, ou da vulva, ou do ânus —
e mistura-se nas águas,
no sonho da cabeça.
As mulheres pensam como uma impensada roseira
que pensa rosas.
Pensam de espinho para espinho,
param de nó em nó.
As mulheres dão folhas, recebem
um orvalho inocente.
Depois sua boca abre-se.
Verão, outono, a onda dolorosa e ardente
das semanas,
passam por cima. As mulheres cantam
na sua alegria terrena.

Que coisa verdadeira cantam?
Elas cantam.
São fechadas e doces, mudam
de cor, anunciam a felicidade no meio da noite,
os dias rutilantes, a graça.
Com lágrimas, sangue, antigas subtilezas
e uma suavidade amarga —

as mulheres tornam impura e magnífica
nossa límpida, estéril
vida masculina.
Porque as mulheres não pensam: abrem
rosas tenebrosas,
alagam a inteligência do poema com o sangue menstrual.
São altas essas roseiras de mulheres,
inclinadas como sinos, como violinos, dentro
do som.
Dentro da sua seiva de cinza brilhante.

O pão de aveia, as maçãs no cesto,
o vinho frio,
ou a candeia sobre o silêncio.
Ou a minha tarefa sobre o tempo.
Ou o meu espírito sobre Deus.
Digo: minha vida é para as mulheres vazias,
as mulheres dos campos, os seres
fundamentais
que cantam de encontro aos sinistros
muros de Deus.
As mulheres de ofício cantante que a Deus mostram
a boca e o ânus
e a mão vermelha lavrada sobre o sexo.

Espero que o amor enleve a minha melancolia.
E flores sazonadas estalem e apodreçam
docemente no ar.
E a suavidade e a loucura parem em mim,
e depois o mundo tenha cidades antigas
que ardam na treva sua inocência lenta
e sangrenta.
Espero tirar de mim o mais veloz
apaixonamento e a inteligência mais pura.
— Porque as mulheres pensarão folhas e folhas
no campo.

Pensarão na noite molhada,
no dia luzente cheio de raios.

Vejo que a morte se inspira na carne
que a luz martela de leve.
Nessas mulheres debruçadas sobre a frescura
veemente da ilusão,
nelas — envoltas pela sua roseira em brasa —
vejo os meses que respiram.
Os meses fortes e pacientes.
Vejo os meses absorvidos pelos meses mais jovens.
Vejo meu pensamento morrendo na escarpada
treva das mulheres.

E digo: elas cantam a minha vida.
Essas mulheres estranguladas por uma beleza
incomparável.
Cantam a alegria de tudo, minha
alegria
por dentro da grande dor masculina.
Essas mulheres tornam feliz e extensa
a morte da terra.
Elas cantam a eternidade.
Cantam o sangue de uma terra exaltada.

VII

Pequenas estrelas que mudam de cor, frias
pêras ao alto
de raizes queimadas, ainda doces, profundamente
cor de turquesa — eu tudo sei.
Como a época leve que entra,
como as crianças que despertam e sorriem
lapidarmente, e morrem
sem que se note, na própria clareira viva
do seu sorriso.
A onda que envolve os peixes, e dos peixes
absorve o rápido estremecimento — eu tudo sei.
Porque mudo, queimo-me.
Porque as ondas me batem na boca.

Pequenas estrelas passadas de cor para cor, pêras
que rolam de um degrau
para outro degrau de amadurecimento. Enquanto
estou deitado sob o céu brutal, e a noite
avança terrivelmente plácida.
E por baixo a terra vive, abstracta
e espalhada.
Quero dizer: eu tudo sei.
Junto aos ossos em gelo bate uma veia
que sobe, quente; que em silêncio ascende
e bate na língua: — Eu amo o pão que amadurece
no fogo.
Amo a ideia que a morte alimenta

agora na noite. Cinza sobre pepitas.
O açafrão nas pedras encarnadas.

Cerro os olhos para ouvir durante toda a noite,
e todo o mês, e recomeçando no interior
da minha vida — o sangue.
Amarga e difusa loucura do sangue
cercado pelo mundo — eu tudo sei.
Humildade e esgotamento e, quando
a boca estremece, tarefa e depois solidão.
Sei como se pensa obscuramente.
Vejo que a luz se encurva nos campos de urtigas,
e a mão se encurva na luz.
A mão que retém a faca e desliza
sobre a mesa ao encontro do pão maduro.
Porque eu amo a fome.

E eis que todo esse puro tempo passado
se levanta, enquanto respiro debaixo da luz.
Com a dor dentro, levanta-se; com
um forte delírio e a luz imensa — e eu sei.
Ouçam: é neste país onde cheiro
um ramo de sal, a terra pútrida.
Amo a penumbra de uma cara, a brancura
parada de um sorriso no meio da água
profundamente esquecida — sei
tudo, tudo.
Que nada existe e as coisas nascem no tocar
de minha mão inundada.
E é preciso esperar enquanto se morre,
e fica o campo sob o céu que se queima
preciosamente,
Tenho agora a idade — e sei tudo.
Digo: minha alegria é tenebrosa.

E eu desejaria levantar-me levemente
sobre as paisagens que se enchem de chuva
apaixonada.
Desejaria estar em cima, no meio da alegria,
e abrir os dedos tão devagar que ninguém sentisse
a melancolia da minha inocência.
Tanto desejaria ser destruído
por um lento milagre interior.

Cegar com o rosto contra um ramo abrupto
de relâmpagos.
Eu sei. Quero dizer: eu amo
essa morte no meio da luz, entre crisálidas e gotas,
à noite, de dia —
quando o mês se extingue num supremo amadurecimento.

A MÁQUINA LÍRICA
— 1963 —

A BICICLETA PELA LUA DENTRO — MÃE, MÃE —

A bicicleta pela lua dentro — mãe, mãe —
ouvi dizer toda a neve.
As árvores crescem nos satélites.
Que hei-de fazer senão sonhar
ao contrário quando novembro empunha —
mãe, mãe — as telhas dos seus frutos?
As nuvens, aviões, mercúrio.
Novembro — mãe — com as suas praças
descascadas.

A neve sobre os frutos — filho, filho.
Janeiro com outono sonha então.
Canta nesse espanto — meu filho — os satélites
sonham pela lua dentro na sua bicicleta.
Ouvi dizer novembro.
As praças estão resplendentes.
As grandes letras descascadas: é novo o alfabeto.
Aviões passam no teu nome —
minha mãe, minha máquina —
mercúrio (ouvi dizer) está cheio de neve.

Avança, memória, com a tua bicicleta.
Sonhando, as árvores crescem ao contrário.
Apresento-te novembro: avião

limpo como um alfabeto. E as praças
dão a sua neve descascada.
Mãe, mãe — como janeiro resplende
nos satélites. Filho — é a tua memória.

E as letras estão em ti, abertas
pela neve dentro. Como árvores, aviões
sonham ao contrário.
As estátuas, de polvos na cabeça,
florescem com mercúrio.
Mãe — é o teu enxofre do mês de novembro,
é a neve avançando na sua bicicleta.

O alfabeto, a lua.

Começo a lembrar-me: eu peguei na paisagem.
Era pesada, ao colo, cheia de neve.
Ia dizendo o teu nome de janeiro.
Enxofre — mãe — era o teu nome.
As letras cresciam em torno da terra,
as telhas vergavam ao peso
do que me lembro. Começo a lembrar-me:
era o atum negro do teu nome,
nos meus braços como neve de janeiro.

Novembro — meu filho — quando se atira a flecha,
e as praças se descascam,
e os satélites avançam,
e na lua floresce o enxofre. Pegaste na paisagem
(eu vi): era pesada.
O meu nome, o alfabeto, enchia-a de laranjas.
Laranjas de pedra — mãe. Resplendentes,
as estátuas negras no teu nome,
no meu colo.

Era a neve que nunca mais acabava.

Começo a lembrar-me: a bicicleta
vergava ao peso desse grande atum negro.
A praça descascava-se.
E eis o teu nome resplendente com as letras
ao contrário, sonhando
dentro de mim sem nunca mais acabar.
Eu vi. Os aviões abriam-se quando a lua
batia pelo ar fora.
Falávamos baixo. Os teus braços estavam cheios
do meu nome negro, e nunca mais
acabava de nevar.

Era novembro.

Janeiro: começo a lembrar-me. O mercúrio
crescendo com toda a força em volta
da terra. Mãe — se morreste, porque fazes
tanta força com os pés contra o teu nome,
no meu colo?
Eu ia lembrar-me: os satélites todos
resplendentes na praça. Era a neve.
Era o tempo descascado
sonhando com tanto peso no meu colo.
Ó mãe, atum negro —
ao contrário, ao contrário, com tanta força.

Era tudo uma máquina com as letras
lá dentro. E eu vinha cantando
com a minha paisagem negra pela neve.
E isso não acabava nunca mais pelo tempo
fora. Começo a lembrar-me.
Esqueci-te as barbatanas, teus olhos
de peixe, tua coluna
vertebral de peixe, tuas escamas. E vinha

cantando na neve que nunca mais
acabava.

O teu nome negro com tanta força —
minha mãe. Os satélites e as praças. E novembro
avançando em janeiro com seus frutos
destelhados ao colo. As
estátuas, e eu sonhando, sonhando.

Ao contrário tão morta — minha mãe —
com tanta força, e nunca

— mãe — nunca mais acabava pelo tempo fora.

A MENSTRUAÇÃO QUANDO NA CIDADE PASSAVA

A menstruação quando na cidade passava
o ar. As raparigas respirando,
comendo figos — e a menstruação quando na cidade
corria o tempo pelo ar.
Eram cravos na neve. As raparigas
riam, gritavam — e as figueiras soprando de dentro
os figos, com seus pulmões de esponja
branca. E as raparigas
comiam cravos pelo ar.
E elas riam na neve e gritavam: era
o tempo da menstruação.

As maçãs resvalavam na casa.
Alguém falava: neve. A noite vinha
partir a cabeça das estátuas, e as maçãs
resvalavam no telhado — alguém
falava: sangue.
Na casa, elas riam — e a menstruação
corria pelas cavernas brancas das esponjas,
e partiam-se as cabeças das estátuas.
Cravos — era alguém que falava assim.
E as raparigas respirando, comendo
figos na neve.
Alguém falava: maçãs. E era o tempo.

O sangue escorria dos pescoços de granito,
a criança abatia a boca negra
sobre a neve nos figos — e elas gritavam

na sombra da casa.
Alguém falava: sangue, tempo.

As figueiras sopravam no ar que
corria, as máquinas amavam. E um peixe
percorrendo, como uma antiga palavra
sensível, a página desse amor.
E alguém falava: é a neve.
As raparigas riam dentro da menstruação,
comendo neve. As cabeças das
estátuas estavam cheias de cravos,
e as crianças abatiam a boca negra sobre
os gritos. A noite vinha pelo ar,
na sombra resvalavam as maçãs.
E era o tempo.

E elas riam no ar, comendo
a noite,
alimentando-se de figos e de neve.
E alguém falava: crianças.
E a menstruação escorria em silêncio —
na noite, na neve —
espremida das esponjas brancas, lá na noite
das raparigas
que riam na sombra da casa, resvalando,
comendo cravos. E alguém falava:
é um peixe percorrendo a página de um amor
antigo. E as raparigas
gritavam.

As vacas então espreitando,
e nos focinhos consumia-se o lume em silêncio.
Pelas janelas os violinos
passavam pelo ar. E a menstruação nas raparigas
escorria pela sombra, e elas
gritavam e comiam areia. Alguém falava:

fogo. E as vacas passavam pelos violinos.
E as janelas em silêncio escorriam
o seu fogo. E as admiráveis
raparigas cantavam a sua canção, como
uma palavra antiga escorrendo
numa página pela neve,
coroada de figos. E no fogo as crianças
eram tocadas pelo tempo da menstruação.

Alimentavam-se apenas de figos e de areia.
E pelo tempo fora,
riam — e a neve cobria a sua página de tempo,
e as vacas resvalavam na sombra.
Em silêncio o seu lume escorria das esponjas.
Partiam-se as cabeças dos violinos.
As raparigas, cantando as suas crianças,
comiam figos.
A noite comia areia.
E eram cravos nas cavernas brancas.
Menstruação — falava alguém. O ar passava —
e pela noite, em silêncio,

a menstruação escorria pela neve.

EM SILÊNCIO DESCOBRI ESSA CIDADE NO MAPA

Em silêncio descobri essa cidade no mapa
a toda a velocidade: gota
sombria. Descobri as poeiras que batiam
como peixes no sangue.
A toda a velocidade, em silêncio, no mapa —
como se descobre uma letra
de outra cor no meio das folhas,
estremecendo nos ulmos, em silêncio. Gota
sombria num girassol —
essa letra, essa cidade em silêncio,
batendo como sangue.

Era a minha cidade ao norte do mapa,
numa velocidade chamada
mundo sombrio. Seus peixes estremeciam
como letras no alto das folhas,
poeiras de outra cor: girassol que se descobre
como uma gota no mundo.
Descobri essa cidade, aplainando tábuas
lentas como rosas vigiadas
pelas letras dos espinhos. Era em silêncio
como uma gota
de seiva lenta numa tábua aplainada.

Descobri que tinha asas como uma pêra
que desce. E a essa velocidade
voava para mim aquela cidade do mapa.
Eu batia como os peixes batendo

dentro do sangue — peixes
em silêncio, cheios de folhas. Eu escrevia,
aplainando na tábua
todo o meu silêncio. E a seiva
sombria vinha escorrendo do mapa
desse girassol, no mapa
do mundo. Na sombra do sangue, estremecendo
como as letras nas folhas
de outra cor.

Cidade que aperto, batendo as asas — ela —
no ar do mapa. E que aperto
contra quanto, estremecendo em mim com folhas,
escrevo no mundo.
Que aperto com o amor sombrio contra
mim: peixes de grande velocidade,
letra monumental descoberta entre poeiras.
E que eu amo lentamente até ao fim
da tábua por onde escorre
em silêncio aplainado noutra cor:
como uma pêra voando,
um girassol do mundo.

JOELHOS, SALSA, LÁBIOS, MAPA.

Joelhos, salsa, lábios, mapa.
As letras dormiam na noite inclinada, e eram
silveiras bravas. Por elas
escorregava o sono inclinado: mercúrio,
salsa leve.
Unidas as letras nos cotovelos, unidas
dormindo
nos seus frios joelhos de letras.
Por baixo, os mapas redondos com seu
mercúrio leve e a sua
salsa leve inclinada. Bravias
silveiras escorregando nos mapas.
Meus lábios unidos às letras dormindo.
Esse, isso — cabelo quente,
telha molhada.

Fogo, vestido, cidade, areia.

Cantando as mulheres palpitavam às portas,
sonhando com atenção. E eu —
engenheiro móvel — enquanto
a noite sensível.
Martelos batiam borboletas como sons
na cidade de areia.
As letras vergavam num sonho.
Cantando linho agudo na atenção

sensível, vergadas às portas,
mulheres cantavam, palpitando letras
na cidade de areia.
Longe, perto — cabelo
quente, telha molhada.

Mulheres, mercúrio, noite, fábrica.

Através do livro raso, um estupendo k
negro de tanto amor.
E o meu grito, copo de pé através
de frias fábricas.
O radar pontuava a viagem das rosas.
Vírgulas na neve batendo nas rosas.
Ww, tt, aspas, parêntesis sensíveis.
Enquanto através alguém ia gritando
pela noite, pela neve — o seu amor:
cabelo quente, telha molhada.

Engenheiro, letra, grito, aspas.

A terra irada escrevia o seu livro raso.
Enquanto por baixo as letras dos peixes
fazendo som.
Eles vinham sonhando, elas vinham sonhando.
Como vírgulas num mapa — os peixes, as letras
vergavam num sonho.
Martelos batendo som nos peixes.
Por baixo os martelos, por cima o radar,
no meio os peixes, as letras, as rosas.
E dentro de mim as vírgulas grandes —
cor de martelos,
som de rosas.
Esse grito, essa letra — cabelo quente, telha
molhada.

Som, radar, peixe, k.

E um terrível amor — pontapé estupendo,
tempestade de areia.
Então o cabelo respirava como uma tábua
irada. Longe, perto — as silveiras
vergavam ao som de mulheres
cantando vírgulas, peixes e aspas.
Enquanto a visão de um copo de pé e da letra k.
E a minha alegria, fábrica de
cabelo quente, telha molhada.

Copo, muro, livro, tábua.

Então o meu cabelo respirava.
Telhas voavam pelos canais — ll, tt, ii — durante
todo o pensamento, e os cabelos
no muro batiam finas estátuas.
Abrindo no escuro, durante toda a neve,
os copos, os vestidos, os mapas.
E dentro de mim, rompendo peixes,
uma noite sensível cor de martelos.
Esse grito, essa vírgula, esse amor, esse
martelo louco
nas borboletas. Então o meu cabelo
respirava — cabelo quente, telha
molhada.

Neve, borboleta, vírgula, estátua.

Na noite sensível — louco, louco —
loucamente levantava sobre o livro raso
essa letra k.
Elas tinham asas de castiçal na cara.
Enquanto eu — engenheiro móvel — na fria

fábrica, um copo de pé, um sentimento
de areia. Irado amor em todos
os mapas — cabelo quente,
telha molhada.

Martelo, sono, rosa, porta.

Eu comia fogo ao pé das cerejas.
Álcool escorrendo num retrato aberto
ao contrário da noite.
E as cerejas dormiam de tão abertas —
líricas e loucas.
E eu, álcool escorrendo
pelas fábricas de neve, abertas.
A cabeça aguda dormia nos ares
de um livro raso — cabelo
quente, telha molhada.

Cara, retrato, canal, álcool.

Sinistro na mão um peixe levantado
louco, alguém
gritando, ia gritando pela fábrica fora.
Rosas enoveladas vergavam no sono,
enquanto letras com os cabelos
escorrendo num muro.
Extraordinário, pendurado no sono
sinistro, um negro peixe
morria durante a neve inteira.
Com esse peixe, alguém ia gritando:
cabelo quente, telha molhada.

Gritando, cor de martelo, em peixes
com som de rosas:

Castiçal, silveira, linho — e:

porta porta.

1963.

CINCO CANÇÕES LACUNARES
— 1965-1968 —

CANÇÃO EM QUATRO SONETOS

A maçã precipitada, os incêndios da noite, a neve forte:

e a rude beleza da cabeça.
— Quem ouvirá em que planetas esta imagem
da minha morte, quando eu abrir o lenço
sobre o coração terrível e suspenso?
Uma criança de sorriso cru
vive em mim sem dar um passo, amando
respirar em sua roupa o cheiro
do sangue maternal. O vício
do sono apouca as frias glicínias
do seu cabelo inocente,
inocente. Ela não sofre e apenas sente
a máquina que é, com cabeleira e dedos cheios

de energia rápida: a magia, os segredos.

Tantos nomes que não há para dizer o silêncio —

a combustão interior do tempo;
uma maçã cortada, uma pomba de éter:
o pensamento.
Não te chames mais, adolescente
comendo uvas negras.
Abres a camisa em que escutas todas as mãos do vento.
E vês atrás de ti as máquinas resolutas
de fabricar as formas rápidas,
e convulsas, do esquecimento.
Isto no ar há de ficar como frio limpo.
O meu nome parou diante
do instante mortal que o guardara.

Evapora-se a roupa, mas não sinto.

Às vezes, sobre um soneto voraz e abrupto, passa

uma rapariga lenta que não sabe,
e cuja graça se abaixa e movimenta na obscura
pintura de um paraíso mortal.
Nesse soneto nocturno escrevo que grito, ou então que durmo,
ou que às vezes enlouqueço. E a matéria grave
e delicada do seu corpo pousa no centro
desse sopro feroz. E o soneto
veloz abranda um pouco, e ela curva o corpo
teatral — e o ânus sobe como uma flor animal.
O meu pénis avança, no soneto que soletro
como uma dança, ou um peixe negro nos
frios planos sombrios e sonâmbulos:

— a aliança intrínseca de um pénis e de um ânus.

Sobre os cotovelos a água olha o dia sobre

os cotovelos. Batem as folhas da luz
um pouco abaixo do silêncio. Quero saber
o nome de quem morre: o vestido de ar
ardendo, os pés em movimento no meio
do meu coração. O nome:
madeira que arqueja, seca desde o fundo
do seu tempo vegetal coarctado.
E, ao abrir-se a toalha viva, o
nome: a beleza a voltar-se para trás, com seus
pulmões de algodão queimando.
Uma serpente de ouro abraça os quadris
negros e molhados. E a água que se debruça

olha a loucura com seu nome: indecifrável, cego.

OS BRANCOS ARQUIPÉLAGOS
— 1970 —
(fragmentos)

o texto assim coagulado, alusivas braçadas
de luz no ar fotografadas respirando,
a escrita, pavorosa delicadeza a progredir,
enxuta, imóvel gravidade,
o território todo devastado pelos brancos
tumultos do estio,
nem o discurso mortal trespassado de láudano,
nem a vertigem de um odor de permanganato,
caligrafia a escaldar, cassiopeia fina,
largura afogada por uma velocidade,
enquanto a acentuar-se em vóltios de magnésio,
e essa crispada lentidão, acetilene que subia,
apurando o pesponto feroz,
a sintaxe como idade,
chegava em frio meandro o álcool à memória,
esponja a fulgurar lá dentro, num buraco,
a congestão da crista sobre o pensamento,
cabeça encharcada,
os regatos da droga rutilando, óleo cândido,
espécie de fotografia perfurada, escorre o veneno,
e então exalta-se o mel algures quieto,
linhas arquejam, costura-se o ar, atormentado

•

geografia em pólvora, solitária brancura
deflagrada, é a flor das lâmpadas, poeira

a fremir por canos finos, largura escoada,
imprime-se o espaço em transe,
pulmões na camisa, por ser devagar,
por o mel escorrer, distraído, frio,
ou fervendo
na cabeça, sempre a porejar da pedra,
lento no rosto que a luz colérica varre,
sempre na atenção pendida,
ou grãos luzentes toda a noite no fundo
branco,
fechado, o mel, no limiar,
a casa alagada, flutuante, acesa,
e fosforescem cartas, mapas, golfada de seda abrupta
em cima do estremecimento do meio-dia,
canais de mel, os androceus, manchas queimando,
sobre as pautas desdobradas de baixo para cima

•

nervuras respirantes, agulhas, veios luzindo
ao longo das vozes, espaço que o som apaixona,
éter a arder, tumulto dealbado na brancura,
e desaguam ínsulas leves, penínsulas, franjas
irradiantes, vibrando
entre os paredões de luz, istmos, vísceras,
doçura malevolente, as vozes
fervendo, fervendo,
oxida-se a cabeça nas pautas rudes,
a morte, áspero enlevo, eriçamento interno,
vozes
pênseis fluorescendo, manchas carregadas de pimenta,
claras,
o écran raiado, a comburente aparição
de jardins atentos, suspeita vertical do vácuo,
vozes, jardins, de patas irracionais, avulsas,
as frias vegetações de radium,

e sobre túneis de sangue, ressurgidas em cima,
as vozes celebrando assustadoramente

•

massas implacáveis, tensas florações químicas, fortemente
maduras, na alvorada que aparece
atrás, mortas, e no lençol de gelo
manchas bloqueadas, cortes, negras estrias,
o som, sangue, tubos de sangue, sangue
tubular, som tubular, gemem,
rudimentares, assoberbados,
os pulmões, folhagem quente,
perfura o som no ar a traqueia eruptiva,
respiração, cacho a arder nas redes finas,
jorro de lâminas,
e a morosa manhã renascente, compreendida,
rarefeita
de folhas, tumulto branco,
cancro, precipitação em brasa,
uma abertura interior latente,
barcos levam todo o álcool
lívido
sobre águas fotografadas explodindo,
a lentidão consome a carne, formigas incrustadas,
uma gota de veneno na cabeça
transparente, antenas de ouro, o doce povoamento
carnívoro, bruscamente o sono
exalta
as apuradas linhas do esquecimento, ao fundo,
batem, pulsam paisagens de uma canção
irregular, clara, onde
se treme, levemente alto, crivado
de imagens implacáveis, os pés tocando a folhagem
negra, a cabeça degolada por um esplendor obsessivo

ANTROPOFAGIAS
— 1971 —

TEXTO 2

Não se vai entregar aos vários "motores" a fabricação do estio
o sussurro da noite apresentada pormenores
para um "estilo de silêncio" ou inclinações graves
expectando "instantes iluminatórios" é certo que o cenário
ganharia uma qualidade empolgante
mas desiste-se porque "a mão" vem depressa
indagam: que mão? que direcção? que posição?
indagam que "acção de surpresa e sacralidade" (se há)
o que houver "e vê-se pela pressa" é uma
espécie de vivacidade ou uma turbulência íntima
e ao mesmo tempo cautela poder serena destreza
de "chamar" de dentro do pavor e "unir" por cima
do pavor
agora estamos a fazer força para afastar o excesso
de planos multiplicidades antropofagias para os lados todos
que andam
"procuram um centro?" sim "uma razão de razões"
uma zona suficiente leve fixa uma como que
"interminabilidade"
serve o cabelo serve uma pedra redonda — a submissão
de um animal colocado sobre o seu próprio sangue ingénuo
temas de dias consumidos ou consumados teatros para saídas
altas entradas altas saídas baixas entradas baixas "movimentos"
aí mesmo é que se desmata o sítio excepcional

o acaso da ocasião fértil por si
mão para "escrever" um propósito inerente a natureza compacta
de um "peso movimentado" até se encontrar como
"peso próprio"
esta doçura que é o escândalo dos "mortos usando
cabeças de ouro o terror da riqueza"
mão apenas em dedicatória a lavouras desconhecidas
da "festa"
ela mesma a sua festa inferida de aí estar
sobre o rosto que se imprime de dentro a "rotação"
irresistível enquanto desce enquanto os lábios
fervem da sua "lepra" e trevas e luzes se combinam
numa tensão interna
"escrita e escritura" desenvolvidas pelo silêncio
que as não ameaça mas de si as libera como uma
borboleta ávida uma dona do espaço
visível proprietária da luz e sua extensão
"sinal" daquilo que se abriu por sua energia mesma
e nenhum arrepio de horror sequer um "transe"
fere o flanco oferecido ao mundo
apenas um "nascimento" o ritmo trabalhado noutro e trabalhando
outro ritmo como a malha das artérias
um mapa uma flor quentíssima em fundo de atmosfera

TEXTO 10

Encontro-me na posição de estar freneticamente suspenso
das "cenas" nos fundos da "noite"
algum "teatro" vem, deciarar-se pronto para as suas "leituras"
o "movimento" procura o "corpo"
propriamente
permissivo limpo uma "biografia" de animal
feita
da sua fome e sede e da sua viagem "até onde"
"lugares" encontrados "narrativas" a ocupar uma "atenção última"
a flor que se organizou de um povoamento
de "esforços" florais "tentativas" erros riquíssimos
a cena traz ondas de treva o silêncio que a "tradição" manda:
"gaste-se"
traz alguns truques de "estancar e escoar"
um pouco de pavor enquanto há "véspera"
mas não é sempre a noite? entanto já se institui
uma "crônica diuturna" um helicóptero "por extensão"
persegue a sua paisagem uma paixão do pormenor inventa
os seus "óculos" porque há "coisas para saber"
e para já sabe-se que entre as coisas para saber espera
"a coisa" para saber dessas coisas
o lado tenebroso do corpo que avança debaixo das luzes?
agora "a abertura irradiante" da treva por onde
não bem surpresa não bem milagre não bem tremer de pés e mãos
não bem isto ou aquilo
mas uma "vertigem" que encontrou a "altura" justa
se instalou nela fez "a perpetuidade da época de perigo"
agarra-se a esse "destino" a "personagem" saída

do "trabalho das palavras" dobra-se sobre esse medo
esse pasmo e alegria essa antropófaga festa
de "estar sobre si" e de essa obscura dominação
"estar em cima dela"
polpa asfixiando o caroço e agora o caroço
cancro de frias nervuras fortes tão "praticável"
a "cena" em que os doces buracos se abrem ao veneno
essa "troca" de malevolência íntima e energia íntima
uma "ironia" como que intangível com que se pintam
cenários de montanhas em metal ramagens vermelhas
irrompendo de paredes negras
uma lua aparentemente desaproveitada
tudo "inteligências" para "o equívoco" pés descalços
que chegam para iludir a ilusão de iludir
e depois apenas "o corpo" onde é "o sítio de nascer"
com as suas obras todas implícitas
a noite onde se habituou a noite que ele habituou
a ser a única sua noite
e o pano corre "escreve-se" depressa a si mesmo
"o texto"
o corpo escreve-se "como seria e é" que não acaba e começa
grande e sempre na "altura" propícia e precipício teatral "maior"
e nem "a mão" se moveu para que fosse "escriturada"

TEXTO 11

"Estudara" muito pouco o comportamento das paisagens
"do tempo" pergunto "que sabia ele?"
bruscamente voltara-se para uma explosão de álcool
algures na "biografia" no "mapa" dele naquelas partes
que mexem de leve
junto ao fígado? à espinal medula? coração? intestinos?
nada conhecia das "transcrições" que logo começam a ferver
se caem sob os olhos
foi apenas o melhor numa "agonia transparente para si mesma"
um morto veloz na maneira de pôr os dedos
sobre a "escrita impossível"
treinara o medo como se faz com uma foca
tinha uma cabeça muito boa para isso
e o medo apanhava no ar o seu peixe cruamente alimentar
percebia ainda que "tudo" poderia ser "electrocutado"
de "luz e trevas" não distinguia nada e desejava
da sua "desatenção paciente" e do "vocabulário em pânico"
fazer pelas cercanias da sua morte fazer talvez
uma espécie de "jardinagem" o menos peremptória possível
mas exaltante
alguém às vezes passando debruçava-se queria "respostas"
"o que era e quem e como e onde e porquê"
tudo curiosidades estranhas ao seu tão grave "trabalho"
todos os dias mais lhe cresciam os "órgãos" inúteis
devotara-se ao "movimento" assustador da "limalha"
magnetizada morria morria de pura limalha andante
e alguém passando desejaria saber do "íman"
"onde? qual?" e talvez "para quê?"

sim senhores ele trabalhava bem nestes "instrumentos" pequenos
eram para sempre o seu "modo de escrever" a tempo
"o erro todo"
da infância fora para a adolescência e daí entrara
nos territórios ferozes e mais tarde pendera-se em pinha
fervilhando maduramente como um unido enxame dourado
de abelhas negras
bem se lhe podia chamar "analfabeto" se algo se pode
chamar a quem se interesse tanto
por "nada" do "alfabeto"
"ele via alguma coisa?" perguntam "via por acaso
o que vinha fazendo por fora ou que por fora lhe faziam
a ele às imagens às épocas aos centros
e subúrbios de tudo?"
nunca encontrara a contas com qualquer "casa"
qualquer "operário" tão desavindo com a sua obra
como ele
tudo estava no "sítio" certo onde não estava
apenas o "talento" dele de estar lá
por isso nunca fazia bem o que fazia bem
era um "mestre" na "arte longa" de perder "gramática"
e por isso é que ia sabendo como era isso tudo

COBRA
— 1975-1976 —

(fragmentos)

A força do medo verga a constelação do sexo.
Pelos canais nocturnos entra o mel, sai
      o veneno branco.
O sono estrangula as chamas da cabeça nos veios atados.
As costas crepitam numa linha lunar
      de clarabóias. Rutila
a flor do alimento, talhada: o ânus.
E brilha rebrilha, uma luva puxada pelo avesso,
      o corpo
      puxado pelo avesso
com as estrelas desfechadas.
      As casas ateiam-se.

Com linha negra a tecedeira lavra a sua flor,
      com os martelos
os canteiros trazem do fundo do granito
um meteoro de púrpura afogado.
— A paixão é pura maneira de inteligência.
Deus recompensa o crime com a voracidade e a energia, a cegueira
      inspira o cérebro
      violento — no plexo solar do espelho.

Uma criança abisma-se no gênio analfabeto: o pavor
que a arranca de tudo. Qualquer doçura lhe alimenta os esplendores
      da alucinação:
pelas altas águas descontínuas, as vozes,

as frutas tecidas, movimentos, labaredas
parietais, a profundidade dos quartos como pomares
atmosféricos.

— Oh crianças de negros rostos ressurrectos.
Elas adivinham. E tombadas as luas,
no cúmulo dos dias, nuvens de mármore sobem
dos vulcões dos parques. Há crianças paradas nas cavidades
como os olhos das casas.

Os lençóis brilham como se eu tivesse tomado veneno.
Passo por jardins zodiacais, entre
flores cerâmicas e rostos zoológicos
que fosforescem. Lavra-me uma doença fixa.
Ilumina polarmente os quartos.
Todos os dias faço uma idade
bubônica. Quem vem por fora vê
camisas apoiadas à luz, a doçura, partes
vidradas do corpo. Perto, deslumbra-se com o pênis como um chifre
de coral intacto. Às vezes não sei gritar com a boca
toda luzindo.
E queima-se em mim nervo a nervo
a flor do diamante.

Fulgura o oxigênio na sua caixa de vidro e a cerveja gelada
como uma estrela num copo. Não
falo com ninguém quando o sangue
é arrancado pelas
luas, à porta, o ar sibilante cheio de paisagens.
As víboras sonham no ninho,
turquesas, pedras, mas eu estou
com um braço de ouro sobre a cama.

E vou deixar a terra eléctrica na sua renda concavamente
leve. O mundo — este arrepio concêntrico:
olho fixo por onde toda a matéria contempla o espaço
descentrado. E um jorro desencadeia-se pela coluna
com uma rosa mental arrastada
para o alto. Nenhum lugar
é ouvido nos silêncios que tem

de dentro para fora. Posso
atar um laço em volta de cada coisa, com um sussurro
estreito. Os meus pés resplandecem sepultados nos sapatos.

— Fala-se de um tigre, talvez, um tigre profundo,
        sem sonhos,
movendo-se nos aros do seu próprio corpo, um feixe
de chamas de cada lado.
Mudo a floresta, vejo os planetas passar, os cavalos.
E vou deixar o mundo, eu, cometa expulso
dos buracos da pedra. De dedo
        para dedo
os anéis luzem, terríveis, de ouro forte, fechados como serpentes
        fio a fio.

Pela força dessa ressaca, a limalha salta
entre a boca e o sexo. Abisma-se o mistério
animal até ao centro da caça. Atraio Deus.
        Leão vermelho
a brilhar nas clareiras à frente das incessantes
mãos do caçador. Porque eu nunca falo,
        de noite,
com ninguém. A minha arte de ser é venenosa, quieta
        e aterrada. Mexem no leite, as salas
recuam pela casa, nos alvéolos do corpo desatam-se
os pequenos astros. E o silêncio torrencial da atmosfera
        televisionada
irrompe pelos quartos amontoados.

A parede contempla a min   ra no fundo:
    paisagem
resvalada. E com o olhar redondo
de ouro ríspido, da parede me fita
    o cometa, entre
    as omoplatas,
onde começa o nervo da flor toda unida ao cimo
da labareda. E rola à noite a luz
    sobre os lençóis, e os nós
    do rosto absorvem
todos os átomos. Porque sobe um soluço dos centros
    gravitacionais
de um bicho. Um soluço, um tétano.

A água escoa-se pelas esponjas dos órgãos e dos fatos.
    São corpos celestes nos recantos
    dos salões engolfados, ressumando
    luz própria
— e dos intensos poros da madeira exalam-se
os bosques completos. Ou são estrelas
negras, os corpos, se a noite se chega para diante,
assim depressa, pedra que se desloca
varada pelos astros. E as flores nunca baixam as pálpebras
    sobre os olhos.
O umbigo brilha, cego. O púbis brilha,
    alto
    como talha.

Todo o corpo é um espelho torrencial com as fibras
    dentro das grutas. Cobra

que acorda no fundo
de si mesma, o halo
ovovivíparo
levantado ânulo a ânulo;
ou grande raiz fria sustentando o seu ovo soprado;
ou as guelras de uma rosa ferozmente
em arco.

Pela ciência e a paixão do medo, arranco à parede
esse nó cristalográfico com a luz
estrangulada.
Corpo celeste antípoda.
Os chifres de ouro afloram na treva.
Deus caça-me com uma lança
radiosa. Na seiva dos meus quartos húmidos, orbitais, volumosos,
com uma flecha sonora.

As folhas ressumam da luz, os cometas escoam-se
                pelos orifícios
vivos das casas. E fundem-se as ramas de ouro
nos músculos vorazes, os dedos
                nas massas dos espelhos.
E vibra a bolha expelida da carne curva, um rosto
                a que ceifaram o caule.
Não ames roupas, azáleas, água cortada, louça
                — a leveza. Ama — digo —
o que é carregado: as frutas, ou a noite
e o calor, e os negros laços atados
                dos animais.

E gravava-se o ouro nos centros
                ávidos
e o ar no espaço e a seda
no tacto. O sexo brilhava sobre as mãos
                no fundo expansivo dos quartos,
                crepitando com a lepra.
Senti nas falangetas o leite manso e a madeira alumiada
pelos poros ferozes: o centrípeto feixe das coisas.
Senti o mundo tenso como o halo de um
dióspiro. Vi a serpente concentrada como um nó de cobalto.
                — O sonho tão severo e a labareda
                dentro e o trabalho dos dedos e dos olhos.

                Pulsava o ar nas costas
                da pedra
deitada ao dia com as crateras fortes:
                — as narinas e a boca e o ânus. Dia vazado

de ponta a ponta branco. Entrava o oxigênio pelas artérias
    agravadas, a insônia
pelas aurículas sombriamente do crânio.
    A casa cheia tremia vergada pelas
luas frontais e veementes e os sóis astrológicos.

    E estas eram as visões, os meus símbolos
perigosos: a demência, a nudez, o dom,
o hipnotismo, o terror, o transe, a graça terrestre
    e hermética.
Sob o choque do ouro estagnado no tórax
com a camélia radial explodindo,
    a brancura ameaçava cada morte.

— Violência, claridade, sobressalto.

O CORPO O LUXO A OBRA
— 22-23 nov. 1977 —

Em certas estações obsessivas,
                insondáveis
pela doçura e a desordem, eu vi
             sobre
o barulho dos buracos terrestres
               as caras
engolfadas fulgurando até ao sangue, sua teia
de ossos fechada
por membranas que respiram com luz
própria.

O luxo do espaço é um talento da árvore,
a arte do mundo húmido.
             Por dentro da terra
o ouro cresce
em cadeia. Vi
a massa arterial das casas
contorcendo-se
          no fundo
da luz,
onde o dia faz uma ressaca onde
gira a noite com seu tronco de planetas.

Eram
      rápidas,
          fortes,
            espaçosas
as noites do poder. O alimento vinha

com o apuro do mel. O dom
desenvolvia em mim esses mesmos rostos
abertos a meio, com a lua
e o sol dentro e fora.
            Lanho a lanho
cerrara-se a carne em seu tecido
redondo.

Vêem-se as raízes animais dos cancros, mas
no coração estrangulado, assim
estrangulada a água por circuitos
cegos,
          quem vê a queimadura
do ouro
inteiro?

        As caras irrompem
dos nós de sangue, dos rins, de uma
                       coluna
enraizada, uma
constelação calcária.
        Às vezes
o mármore reflui numa onda muscular,
e sobre a torsão
interna
as mãos cruas ardem.
E o golpe que me abre desde a uretra
à garganta
         brilha
como o abismo venoso da terra.
A pupila deste animal grande como uma pálpebra
ao espelho, nua, a dormir,
               sob as radiações
brancas.

Longas estrelas rodam entre os pólos

das salas, voltam-se
as camisas
na translação dos dias ópticos, todo o ar se enche
de noites
largas. O braço enxuto plantado.
Na límpida teia das mãos,
a colher que se arqueia
           desde
a traça alimentar à costura cirúrgica
da garganta
         onde a voz rebenta
num buraco de sangue. Mas as cabeças, que olham
pelos lados
novos
de gárgulas jorrando toda a força
da luz interna,
         vivem da energia
da nossa graça, da ferida
da elegância. A violência envenena-me.

As aberturas
que os braços fazem na água, aquilo
que eu fecho quando
o sono me corrompe ou quando
incito ou afugento as paisagens,
            o que alimenta
as musas
abismadas
     é tudo quanto me cega.

Também as mulheres se alumiam
pela abundância, pela
boca até ao fundo, o pêlo que salta,
            omoplatas,
mãos redondas, os borbotões

da seda
escoada.
    Têm
caras ascensionais, magnéticas. Inspira-as
o movimento dos quartos, a matriz
secreta
do ouro afundada entre
a vulva e o coração,
                a órbita
das laranjas à volta
estuante
da estaca.

       A estrela voltaica queimando
a minha obra
morosa afina sombriamente cada cara
soldada
ponto a ponto,
            sobre as válvulas, sobre
a luz que se abre e se fecha
                 na carne
lunar, implacável.
Tudo faísca: a fruta
que se apanha, o feixe
vertebral, os orifícios de sangue
entre os poros
          da madeira.
             Respira,
dói.
Como uma artéria radial,
           a atenção
que dói de baixo para o alto, as meninges
abertas
por fendas luminosas.

          Alimentava-me

dos rostos minados pela rede dos nervos
negros e das veias
até à raiz cravada
da voz
      — o terrífico
aparelho da fome. Toda a obra.
Dói.
A memória maneja a sua luz, os dedos,
a matéria.
      É mais forte assim
queimada no écran onde brilha
o buraco da carne,
               os espelhos
fechados
de repente vivos como oceanos sob
os antebraços, as mãos.

               Desta cadeira vejo
a marcenaria da árvore.
Os fulcros do ouro, o hausto
do meio da terra.
O som espacial da pedra cai
no fundo do dia,
           pulsa
a noite vascular, estendida
como uma toalha.
E dentro dessa noite cheia de ar negro,
os planetas
luzem
como rostos que se aproximam com as fendas
de sangue.
        Às vezes
meu sangue enreda-se no fundo dos mortos.
O ar,
      abraçam-no as grandes constelações
tácteis.

A noite
é uma árvore crua,
                voraz,
entranhada.   Se a estrela transborda da boca,
a água
vivente
torce-se entre os braços ferozes. E das crateras
arranca-se
o rosto com os poros brancos
a toda a volta.
            Quando
as veias dos mortos fazem um nó furioso
com as minhas veias,
                a voz
costura-se com as linhas de sangue
da sua fala. E os dedos gravitacionais
sobre a queimadura
manobram os pequenos sóis
enxameados e baixos.

Com a fundura cristalográfica das caras
enervadas
na claridade, a estrela oficinal
crepitando
sobre
a ressaca redonda da carne.
O ouro fundido nos pulmões, cortado
na boca. Respira
o buraco onde o ar se incendeia.
                É o equilíbrio
lunar
do sono, do poder.

                Eu movo-me no mundo
como púrpura, a vara

das maçãs fechadas.
                    E escoa-se em mim o caudal
nuclear dos astros. Remoinhos de mel
obscuro. Os filões do álcool.
Esta golfada de luz pela ferida de um espelho.
É o rosto fendido e a claridade
arrancada
ao interior mais forte
da imagem.
            Constelação de sangue,
o halo
de um orifício nocturno.

                    Os sóis turbilhonam entre
as espáduas.
Este é o dia rítmico e abundante.
Olho a brancura espasmódica,
a queimadura central
dessa imagem.
                Meu sangue envolve os mortos
como um braço profundo.
                    Solda-os.
E toda a fruta está soldada à potência
da sua árvore.

Engolfo-me no espelho como a água
que pulsa num rosto, nessa abertura
salgada. Recebo a cara nos feixes
da minha cara, entre
constelações vertebrais, o fundo
das artérias.

            Vi
dorsos torcerem-se à volta da sua dor.
No meio
o sorvedouro fazia um laço

de carne. Rodava em torno das válvulas negras
a estrela atómica.
          A fronte
ao alto da beleza áspera,
              labaredas
vazadas de lado a lado do corpo
como uma corola cesariana.
                E nessa
carne focal
curva,
o toque de um ferro vivo, um dedo, um osso
fechado,
no centro das aberturas onde a energia
se desencadeia.

              E é cruel surpreender
a inocência
frenética, a taciturna doçura
com que devora:
              às vezes
a força dos rostos que tem contra Deus.
Assim:
        o nervo que entrelaça a carne toda,
de estrela a estrela da obra.

PHOTOMATON & VOX
— 1978 —

(é uma dedicatória)

Se alargas os braços desencadeia-se uma estrela de mão
a mão transparente, e atrás,
nas embocaduras da noite,
o mundo completo treme como uma árvore
luzindo
com a respiração. E ofereces,
das unhas à garganta
talhada, a deslumbrante queimadura do sono.
— Em teu próprio torvelinho se afundam
as coisas. Porque és um vergão raiando entre
esses braços
que irrompem da minha morte se durmo, da loucura
se a veia
violenta que me atravessa a cabeça se torna
ígnea como
um rio abrupto num mapa. Quando as salas
negras fotográficas
imprimem a sensível trama das estações
com as paisagens por cima. E
jorras
desde as costas dos espelhos, seu coração
arrancado pelos dedos todos de que se escreve
o movimento inteiro.
Nunca digas o meu nome se esse nome
não for o do medo. Ou se rapidamente o lume se não repartir
nas formas

lavradas como chamas à tua volta. Os animais
que essa labareda ilumina
na boca. Desde a obscuridade
de tudo que tudo
é inocente. Nunca se pode ver a noite toda de súbito.
E da fronte aos quadris em tuas linhas, és
cega, fechada.
A minha força é a desordem. Reluzes
na têmpera enxuta — queima-te.
O ouro desloca a tua cara. Um nervo
atravessa as frementes, delicadas massas
das imagens:
como uma ferida límpida desde a nascença pela carne
fora. Es alta em mim por essa
cicatriz que se abre ao dormir e quando
se acorda fica aberta.

                          — Esta
espécie de crime que é escrever uma frase que seja
uma pessoa magnificada.
Uma frase cosida ao fôlego, ou um relâmpago
estancado
nos espelhos. E às vezes é uma raiz engolfada, e quando toca
a fundura das paisagens, as constelações mudam
no chão. A truculência
que se traça como uma frase na pessoa, uma queimadura
branca. Porque ela mostra as devastações
magnéticas
da matéria. Na frase vejo os fulcros da pessoa.
Por furos acerbos as estações que se escoam
e a inquebrantável
paisagem que as persegue por dentro. A frase
que é uma pálpebra
viva
como roupa fechada sobre a radiação das veias.
Que é uma cara, uma cratera.

Ou um hausto animal das unhas à testa
onde
fulguram os cornos em coroa.
E esta massa ofegante é queimada por um
suspiro, um alimento brutal.
O teu rosto cerca-me, a minha
morte cerca o teu rosto como uma clareira
pulsando
na luz cortada. A pessoa
que é uma frase: astro
rude cruamente encordoado entre as omoplatas.
Como se um nervo cosesse todas as partes pungentes e selva-
[gens
da carne. Como
se a tua frase fosse um buraco brilhando até aos pulmões,
com o sangue e a língua
na minha garganta. A beleza que te trabalha
deixa-te
árdua e intacta
no mundo, entre o sangue estrangulado na minha memória.

(a carta da paixão)

Esta mão que escreve a ardente melancolia
da idade
é a mesma que se move entre as nascentes da cabeça,
que à imagem do mundo aberta de têmpora
a têmpora
ateia a sumptuosidade do coração. A demência lavra
a sua queimadura desde os recessos negros
onde
se formam
as estações até ao cimo,
nas sedas que se escoam com a largura
fluvial
da luz e a espuma, ou da noite e as nebulosas
e o silêncio todo branco.
Os dedos.
A montanha desloca-se sobre o coração que se alumia: a língua
alumia-se. O mel escurece dentro da veia
jugular talhando
a garganta. Nesta mão que escreve afunda-se
a lua, e de alto a baixo, em tuas grutas
obscuras, a lua
tece as ramas de um sangue mais salgado
e profundo. E o marfim amadurece na terra
como uma constelação. O dia leva-o, a noite
traz para junto da cabeça: essa raiz de osso
vivo. A idade que escrevo
escreve-se
num braço fincado em ti, uma veia
dentro

da tua árvore. Ou um filão ardido de ponta a ponta
da figura cavada
no espelho. Ou ainda a fenda
na fronte por onde começa a estrela animal.
Queima-te a espaçosa
desarrumação das imagens. E trabalha em ti
o suspiro do sangue curvo, um alimento
violento cheio
da luz entrançada na terra. As mãos carregam a força
desde a raiz
dos braços, a força
manobra os dedos ao escrever da idade, uma labareda
fechada, a límpida
ferida que me atravessa desde essa tua leveza
sombria como uma dança até
ao poder com que te toco. A mudança. Nenhuma
estação é lenta quando te acrescentas na desordem, nenhum
astro
é tão feroz agarrando toda a cama. Os poros
do teu vestido.
As palavras que escrevo correndo
entre a limalha. A tua boca como um buraco luminoso,
arterial.
E o grande lugar anatômico em que pulsas como um lençol lavrado.
A paixão é voraz, o silêncio
alimenta-se
fixamente de mel envenenado. E eu escrevo-te
toda
no cometa que te envolve as ancas como um beijo.
Os dias côncavos, os quartos alagados, as noites que crescem
nos quartos.
É de ouro a paisagem que nasce: eu torço-a
entre os braços. E há roupas vivas, o imóvel
relâmpago das frutas. O incêndio atrás das noites corta
pelo meio
o abraço da nossa morte. Os fulcros das caras

um pouco loucas
engolfadas, entre as mãos sumptuosas.
A doçura mata.
A luz salta às golfadas.
A terra é alta.
Tu és o nó de sangue que me sufoca.
Dormes na minha insónia como o aroma entre os tendões
da madeira fria. És uma faca cravada na minha
vida secreta. E como estrelas
duplas
consanguíneas, luzimos de um para o outro nas
trevas.

FLASH
— Abril 1980 —

(fragmentos)

Adolescentes repentinos, não sabem, apenas o tormento de um excesso
giratório. Com as cabeças zoológicas.
Os anéis nas patas.
Oprime-os para dentro um clarão dançante.
Aquilo que são fora.
A cegueira dos chifres que levantam
como uma enorme estrela
desabraçada. A sua ligeireza busca o peso
da pedra. E o peso que têm
de pura luz sem peso, o movimento sinistro
no chão,
o terror, uma
riqueza violenta — buscam alguém que os toque.
Na boca.

Que os torne transparentes, circulatórios.
E quando as turquesas se cruzam de mão a mão, deixando-as
em brasa,
vê-se que são anjos tocados pelas víboras, anjos
anatômicos e atrozes.
Expostos à lua como animais. Que são escuros
nas espáduas.
Devastam o mundo só de olhá-lo com força.
O sono que os ataca mostra-os
cheios de artérias. E então a delicadeza pesa-lhes
como a morte. Basta tocá-los na cara para que fiquem

brancos. Atravessá-los com o sangue venoso da insônia, da nossa matéria.

E então a sua carne é uma estrela suada.

Não te queria quebrada pelos quatro elementos.
Nem apanhada apenas pelo tacto;
ou no aroma;
ou pela carne ouvida, aos trabalhos das luas
na funda malha de água.
Ou ver-te entre os braços a operação de uma estrela.
Nem que só a falcoaria me escurecesse como um golpe,
trémulo alimento entre roupa
alta,
nas camas.
Magnificência.
Levantava-te
em música, em ferida
— aterrada pela riqueza —
a negra jubilação. Levantava-te em mim como uma coroa.
Fazia tremer o mundo.
E queimavas-me a boca, pura
colher de ouro tragada
viva. Brilhava-te a língua.
Eu brilhava.
Ou que então, entrecravados num só contínuo nexo,
nascesse da carne única
uma cana de mármore.
E alguém, passando, cortasse o sopro
de uma morte trançada. Lábios anónimos, no hausto
de árdua fêmea e macho
anelados em si, criassem um órgão novo entre a ordem.
Modulassem.
E a pontadas de fogo, pulsavam os rostos, emplumavam-se.
Os animais bebiam, ficavam cheios da rapidez da água.
Os planetas fechavam-se nessa

floresta de som e unânime
pedra. E éramos, nós, o fausto violento, transformador
da terra.

Nome do mundo, diadema.

Há dias em que basta olhar de frente as gárgulas
para vê-las golfar sangue. É quando
a pedra está a prumo, quando a estaca
solar se crava atrás das casas e amadurece
como uma árvore. Mas também ouvi a água bater directa
nas trevas. Por um abraço do sangue eu estava
condenado
ao extravio mortal. Era um dom que me fundia
à substância primária
do terror. E à riqueza e energia. E à tremenda
doçura humana. Vejo algerozes escoando a massa
das cúpulas, a forma, supremas rosas de pedra
rotativa.

E que leão me beijou boca a boca, juba e cabelo
trançados numa chama única?
Esse beijo afundou-se-me até às unhas.
Aparelhou-me para besta
soberba, para o sono, o brilho, a desordem
ou a
carnificina. De que leite ardido, de que matriz
ou opulência terrena,
nos vem a danação? Se a pedra
tem uma raiz buscando vida em que teias de carne,
há em cima um Deus agudo,
de fenda no casco, e braços tão abertos que apanha todo o basalto,
como uma estrela elementar. Atrás
das rosáceas
desabrochadas. Do movimento de estátuas

arcangélicas plantadas no refluxo
da pedra. Boca:
bolha de sangue.

E há uma palpitação soturna, uma
delicadeza no cerne: o osso vertebral que assenta
ao meio, no ânus:
o falo — e em torno
gira a catedral. Lenta dança de Deus, da escuridão
para o alto.

O leve poder da lua apenas queima os olhos.

A CABEÇA ENTRE AS MÃOS
— 1981 —

MÃO: A MÃO

O coração em cheio
no corpo, Um sopro
no coração,
E a carne reflui toda,
Uma braçada alta,
Reflui
ao sorvedouro a água áspera,
Árdua meada de sangue
de mão a mão no escuro, Sob
a roupa que a lua
exalta,
Escafandrista
que defendesse o remoinho de ar
nos pulmões
do remoinho do abismo,
Ou defendesse
a insônia da surda invasão do medo,
Abraçado a essa bolha,
Toque
leveza baptismal
centro,
Oh sombria natação com um relâmpago,
Camisa molhada
até às entranhas: secando à lua entre

água e pesadelo,
                    Visto
essa camisa brilhando sobre
um buraco um
escurecimento,
                    A transfusão das imagens,
Fendido
ao meio dos olhos, Por onde penetra a agudeza
do mundo:
                    e me
transforma, Quem
enterra um diamante e não sabe
que o enterra
em si, E fosse, pela costura
elementar: uma pálpebra
por cima de um
aparelho da alucinação um
organismo do sonho,
                    Alguém que se deitasse
com um grito
dentro: e acordasse com esse grito
pela boca fora,
                    Que fosse
uma cana encontrada
no vento: quando é de alguém
que o vento se levanta,
                    E os dedos atassem
e desatassem o som
nos orifícios — música
ferramenta
a paixão,
                    Que fosse
de fôlego a fôlego, Qualidade
da coisa que se nomeia,
E tudo me abala
                    — O nome a encher uma pessoa

como a luz enche o vento,
Ou a ferida enche a lembrança,
                Mantenho
os objectos
as chamas:
        à força
de respiração, de carne amarga,
Pensa-se que a cabeça é toda
brusca:
a beleza rudemente
pela brancura,
           Com uma vara de sal
é que tocaram fundo
e me floriram,
         E eu estremeço
desse dardo: dessa pancada na cabeça
cheia de sangue e sopro:
              e desse
florescimento,
É uma arte em pé ardendo à vista,
Que se infundia na matéria
acerba
o lume, Um ofício:
a sua maravilha:
apavoram-me,
          E na madeira
se lavrem a pulso os genitais: os membros:
o umbigo
e a garganta,
          Da carnagem das gramáticas
arranco a música
o nome
o número,
         Trabalho à raiz do ouro
frio, Tão agudo tão agudo,
Se toda a peça de carne é varada

por uma veia inocente:
vara-me
a iluminação vocabular
da memória,
Mexida por lunações como na fêmea
a massa lêveda,
Ou no poema
a parte fêmea instrumentada pela
magnificência,
O que nele se talha
em som escrito: órgão,
Mão que revolves a substância primordial,
Barro
fundamento, Que o hausto atenda à força
respirada
pela carne em poder,
O nó
coronário de uma estrela,
Peso e melancolia
da riqueza
e do medo, E que me assome Deus às partes
graves: com sua luva súbita
no abismo,
É ao meu nome que regresso: à ameaça,
A limpidez
atravessa-me pelos furos naturais
ardidos,
Entra um astro
por mim dentro:
faz-me potência e dança,
Que toda a noite do mundo te torne humana:
obra

O sangue bombeado na loucura,
Do medo
ao modo de escrevê-lo, Entra
pelo papel dentro, Queima
tudo — os dias que se atrevem
no mundo: as massas de ouro:
o âmago,
Enterra-se de noite um diamante: e a terra
move-se, Coração fechado
fundo, Como se me furasse um tubo vocalmente
até às amígdalas,
Sopro pulmonar tornado paixão
de música
labialidade
inocência,
Áspero ligeiro ardido, Um lento
desenvolvimento: o que se escreve
acerbamente pontuado a fogo, A frase
a fala,
Ligado por veios pungentes ao grande
buraco da cabeça: à boca,
A cada poro que ao toque ilumina
os tecidos:
docemente os objectos: os animais
e a madeira, Calcinando
língua e dedos
até às unhas: o pêlo como o pêlo
numa estrela — sobre a fronte, Ou os braços que fulguram
como espadas no tronco,
A ponta das falangetas tremendo,
Uma golfada pelo rasgão vocal,

Crespa canção: o mover das mãos
em torno: e a pancada
cortada das artérias:
o pesadelo,
E é tão compacta a malha
da carne tão
rude, O fluxo que se
desenreda, Como se o corpo todo fosse uma veia,
Uma traqueia de onde irrompesse um som
— árduo árduo
e agudo,
E a boca respirando se tornasse
numa bolha,
O rosto como uma víscera,
Que brilhasse varada pelo sangue: alta
e ríspida: e brilhasse ainda
quando o dia transparente transpusesse:
porta
a porta:
tudo, As mãos: a cabeça
entre as mãos: a voz
entre fôlego e escrita, Nas cavernas
do mundo

ÚLTIMA CIÊNCIA
— 1985, revisto em 1987 —
(fragmentos)

1

Não cortem o cordão que liga o corpo à criança do sonho,
o cordão astral à criança aldebarã, não cortem
o sangue, o ouro. A raiz da floração
coalhada com o laço
no centro das madeiras
negras. A criança do retrato
revelada lenta às luzes de quando
se dorme. Como já pensa, como tem unhas de mármore.
Não talhem a placenta por onde o fôlego
do mundo lhe ascende à cabeça.
A veia que a liga à morte.
Não lhe arranquem o bloco de água abraçada aonde chega
braço a braço. Sufoca.
Mas não desatem o abraço louco.
Move a terra quando se move.
Não limpem o sal na boca. Esse objecto asteróide,
não o removam.
A árvore de alabastro que as ribeiras
frisam, deixem-na rasgar-se:
— Das entranhas, entre duas crianças, a que era viva
e a criança do sopro, suba
tanta opulência. O trabalho confuso:
que seja brilhante a púrpura.
Fieiras de enxofre, ramais de quartzo, flúor agreste nas bolsas

pulmonares. Deixem que se espalhem as redes
da respiração desde o caos materno ao sonho da criança
exacerbada,
única.

•

Cada sítio tem um mapa de luas. Há uma criança radial vista
pelas paisagens, crispada através
dos diamantes.
Em cada sítio há uma árvore de diamantes, uma constelação
na fornalha. Abaixa-te,
vara alta, que essa criança de cabeça habituada aos meteoros
delira, põe-te os dedos,
deita um braço de fora, serve
de estrela. Por acto
de sumptuosidade. Há uma palavra com uma rosa
reluzente. Poros frios, nós de bronze:
a madeira está cheia
de respiração. A pedra arrancada ao mundo está cheia
de respiração. E as luas secam pedra
e madeira. É uma imagem da atenção de tudo.
Quando alguém escreve, arde o papel por onde
passa a imagem. E na criança assim escrita dentro
de um saco radioso, a noite contempla-se
a si própria. Trabalha-se nas partes
doces e ocultas
da morte, engrandecendo a mão voltaica
que a escreve em nome — essa última ciência:
unânime,
        fundamental,
                áurea.

2

Transbordas toda em sangue e nome, por motivos
de lua — os delírios da fêmea
e da sibila.
Fechada ao tacto, e por dentro devorada
pelo clarão dos centros.
As épocas extremas de glicínias em luz
pendida, uma colina
ao meio inebriado de maio, um quarto brilhando
no interior da casa.
E morres e ressuscitas e transmudas-te
em matéria
radial de escrita. Enquanto corres profundamente e procuras
onde és visível. Unida, preciosa
— de porcelana, mogno, seda.
Ao serviço de uma urgência na escola da palavra.
Uma desarrumação nova nos elementos da púrpura.
Quando os meus dedos te fazem num mistério de baptismo.
Que abala a terra a toda a atmosfera
inaugural, que abre e encharca e ilumina
— como se fosse
respiração e sangue e potência
planetária: criaturas, objectos,
as ordens nominais que os arrancam dos limbos.
Quando se tornam translúcidos na fornalha.
Quando com tanta luz se tornam
ocultos.

•

Onde se escreve mãe e filho
diante, a sombria habilidade de bombear o sangue de um vaso
para outro vaso. Dulcíssimo
leite, plasma
agre, a jóia galvanizada
mão a mão.
"Quando eu morrer." Porém.
Na linha escrita subira um planeta exorbitante.
Se eu agora morrer, quem te chamará à roupa
que humanamente levantavas
entre asteróides, ó carne
habitante de um nome? Porém ficaste, sucessiva
meteorologia,
pressão tão alta têmpora a têmpora:
às vezes enlouqueço da palavra que a tudo deste.
Há dias poderosos de uma presença total.
Toco-te a mão que assombra a minha
mão. — E a cara, tão lírica,
aterradora, frente
a frente, cercada pela tensão lunar.
Vejo-a crispar-se com a minha imagem
inserida. E escrevo:
"Quando eu morrer." — erguendo esse espelho
em tamanho de espuma.
Como se fosse a beleza, a transfusão amarga,
o sopro boca a boca.

3

Laranjas instantâneas, defronte e as íris ficam amarelas.
A visão da terra é uma obra cega. Mas as laranjas
atrás das costas, as mais
pesadas, as mais
lentamente maduras, as laranjas que mais tempo demoram
a unir o dia à noite, que têm uma força maior em cima
das mesas, essas.
Operatórias. São laranjas ininterruptas trabalhando em imagens
as regiões ofuscantes da cabeça.
Enriquecem o ofício sentado com um incêndio
quarto a quarto da alma. Enriquecem, devastam.
— Constelação ao vento avassalando a casa.

•

Pavões, glicínias, abelhas — e no leque gradual da luz,
enxames de bagas preciosas.
As águas encharcam a roupa até ao sono.
E a música ultramarina através dos meses em búzio.
É a experiência da morte nas imagens.
O comércio da terra: espuma que se desfolha nas superfícies
repentinas, bebedeira de floras,
o som que a agonia transmuda
em pensamento. Basta às vezes tocar na cara
às escuras, na idade
às escuras, entre espumas inundando os dias
sala a sala — basta para tantas ciências
de uma vida louca.

Como se ardeu até ficar de ouro!
E o coração do ouro era uma pálpebra
soldada
sobre elementos líricos, vivos,
terríficos.
A pupila via tudo de dentro para fora.
Essa luz feroz na alma húmida.
Tornava tão inocente o mundo: as formas
que o mundo queimara. O que era largo.
Abrasado. O que a morte já tocava
às escuras, na cara.

4

A solidão de uma palavra. Uma colina quando a espuma
salta contra o mês de maio
escrito. A mão que o escreve agora.
Até cada coisa mergulhar no seu baptismo.
Até que essa palavra se transmude em nome
e pouse, pelo sopro, no centro
de como corres cheio de luz selvagem,
como se levasses uma faixa de água
entre
o coração e o umbigo.

•

Ninguém sabe se o vento arrasta a lua ou se a lua
arranca um vento às escuras.
As salas contemplam a noite com uma atenção extasiada.
Fazemos álgebra, música, astronomia,
um mapa
intuitivo do mundo. O sobressalto,
a agonia, às vezes um monstruoso júbilo,
desencadeiam
abruptamente o ritmo.
— Um dedo toca nas têmporas, mergulha tão fundo
que todo o sangue do corpo vem à boca
numa palavra.
E o vento dessa palavra é uma expansão da terra.

•

Quem bebe água exposta à lua sazona depressa:
olha as coisas completas
O barro enlaça a água que suspira lunarmente
que impregna o barro com a sua palpitação
aluada.
São uma coisa única
e plena: uma bilha. Quem bebe e olha
fica
misterioso, maduro.
Tudo se ilumina da altura de uma pessoa imóvel.
Quem se dessedenta delira,
vê a obra:
O que se bebe das bilhas que a lua
enaltece — água e nome
na boca.

•

A arte íngreme que pratico escondido no sono pratica-se
em si mesma. A morte serve-a.
Serve-se dela. Arte da melancolia e do instinto.
Quando agarro a cara, a rotação do mundo faz rodar
a olaria astronômica: uma cara
chamejante, múltipla, luxuosa.
Deus olha-a.
E a arte alta do sono fica pesada:
— Mel, o mel em brasa, a substância
potente, elementar ardente, obscura, doce de uma doçura
fortíssima,
o mel,
arrebatada. Uma arte inextricável que,
pela doçura, enche as bolsas cruas
da carne, embriaga, queima tudo, mata,
mata.

•

O dia abre a cauda de água, o copo
vibra com tanta força,
as unhas fulguram sobre a toalha.
Cada palavra pensa cada coisa.
Entre imagens de ouro e vento, a constelação arterial dos objectos
do mundo alarga os braços furiosamente
de abismo a abismo.
A mão convulsa manobra a vida máxima.
E então sou devorado pelos nomes
selvagens.

●

O canteiro cheira à pedra. Da rosa cavada nela cheirará,
por dedos e pensamento,
à obra? Abre uma coroa. A pedra fecha-se
na sua teia de água. Com tantos martelos secos,
com tanta idade louca, com tanta pedra
inteligente, com tanta mão aluada — o canteiro desentranha
outra mão: — A mão do nervo
da pedra, rosa
assustadora:
Que desentranha a prumo forte, em ebriedade
e inclinação de lua. Enxofre, sal, rosa
potente. — O canteiro é a sua
rosa, a sua
obra
desabrochada.

5

Gárgula.
Por dentro a chuva que a incha, por fora a pedra misteriosa
que a mantém suspensa.
E a boca demoníaca do prodígio despeja-se
no caos.
Esse animal erguido ao trono de uma estrela,
que se debruça para onde
escureço. Pelos flancos construo
a criatura. Onde corre o arrepio, das espáduas
para o fundo, com força atenta. Construo
aquela massa de tetas
e unhas, pela espinha, rosas abertas das guelras,
umbigo,
mandíbulas. Até ao centro da sua
árdua talha de estrela.
Seu buraco de água na minha boca.
E construindo falo.
Sou lírico, medonho.
Consagro-a no banho baptismal de um poema.
Inauguro.
Fora e dentro inauguro o nome de que morro.

OS SELOS
— 1989 —
(fragmentos)

A oferenda pode ser um chifre ou um crânio claro ou
uma pele de onça
deixem-me com as minhas armas
deixem-me entoar as onomatopeias, a minha canção de glória.
À noite o cabelo frio
de dia caminho por entre a fábula das corolas
sim, eu sei, queimam-se de olho a olho selvagem mas não se movem
mais altas que eu, mais soberanas, amarelas.
Escuto a travessia cantora dos rios no mundo
depois aparece a longa frase cheia de água.
Guio-me pelas luas no ar desfraldado e
grito de água para água levanto as armas
gritando
enquanto danço o algodão cresce fica maduro o tabaco.
Ninguém fez uma guerra maior. Corno chumbado em sangue e osso,
crânio com luz própria pousando na sua luz,
na pele
as pálpebras abrindo e fechando ¿quem se exaltava
vestido com elas?
Meti na boca um punhado de diamantes — e
respirei com toda a força. E tremi ao ver como eu era inocente, assim
com dedos e língua calcinados; e
levando a mão à boca entoei a canção inteira das onomatopeias;
era a guerra. Como se caça uma fêmea com tanto sangue entre as ancas?
A ouro rude. Boca na boca
enchê-la de diamantes. Que fique a brilhar nos sítios

violentos. Doce, que seja doce, acre
mexida na sua curva de argila sombria andando coberta de olhos,
onça pintada no meio de flores que expiram.
Quem ergue o hemisfério a mãos ambas acima da testa?
quem morre porque a testa é negra?
quem entra pela porta com a testa saindo da fornalha?
O animal cerrado que se toca a medo:
o braço estremece, o coração estremece até à raiz do braço
entre carmesim e carmesim
bárbaro, estremecem
a memória e a sua palavra. Tocar na coluna
vertebral o continente todo
toda a pessoa — transformam-se numa imagem trabalhada a poder
de estrela. Quando se agarra numa ponta e a imagem
devora quem a agarra.
No chão o buraco da estrela —

Entre temperatura e visão a frase africana com as colunas de ar
sorvedouros pedaços magnéticos de um lado para outro
e alguém que dança quase apenas um rosto martelado,
mãos negras. Eu disse: levo a máscara,
levo-a deste mundo.
Quem sabe se o mundo estremece pela força da máscara pequena.
Começa na ponta dos dedos com muito jeito assim
para estudar: será que tem fulcros insuportáveis
de potência
algo que de repente carbonize os dedos?
Se eu pegasse na cabeça, se eu
me encostasse à sombra dos galhos de marfim enquanto grito.
¿Ouviria os leões a abrir as portas, sentiria o bafo
leonino,
a misteriosa vida leonina, de frente, batendo, leonina contra mim?
E o chifre pelo coração dentro.
Através desse marfim rasgando ficar maciço e maduro
do marfim fieira a fieira pelo coração e depois o grito.
Mãos arrumadas sustendo nos buracos a ferver
na volta dos braços a ferver:
o sangue
e então: como se transborda na frase! Rodam as atmosferas,
caem sobre o cabelo coruscante. Como se transborda
de coisa a coisa escrita africanamente!
paus negros enflorados a rosa, leões pelos corredores, vê-se a juba
ao dobrar a esquina do espelho,
a rapariga dança, potes monstruosos de barro ocre.
E então a luz revoluteada se alguém arranca uma banana do peso
cor do ouro; súbito: a ruptura da frase, membros
por toda a parte. Esta é a carne despedaçada, aqui.
Isto são as colunas de ar.

Levo a máscara, disse eu. Quando pus os dedos
na frase, a frase
sangrava, Tinha aquele lanho, alguém cosera tudo com agrafes de marfim
— palavras a marfim e sangue. Disse: levo-a comigo.
O continente arqueja pela espinha de ouro.
Talvez eu volte, quem sabe? talvez
eu ressuscite a frase ocre africana, quem sabe quantos nomes
faltam, volte
coroado, mãos negras com as iluminações girando, eu:
devagar a debruçar-me sobre a furiosa rede dos diamantes —

A poesia também pode ser isso:
a dor com que não durmo lavrado completamente
íngremes laborações dos aerólitos — e então um pingo de ouro nos recessos
do cérebro. Que fosse a aparição contínua. Pode ser o inventário do sono pode
no casulo desdobrado quando a seda.
E a faixa ao pescoço a boca negra por cima: o canto
estrangula-me, canto jubilante, a noite
transforma-se. Estou às vezes nos quartos contíguos pelos canos:
gás, água
violenta. E os objectos ligados pelo coração à corrente eléctrica,
em cada um seu halo
prato garfo copo. Depois a corrente aumenta depois o coração aumenta
depois cada objecto aumenta abrasado: é um coração
apenas que
quando se tocam os perigos de morte. Garfo selvagem copo todo iluminado.
Que se coma o idioma bárbaro, palpitação da lêveda
substância dos vocábulos:
no prato. Eu devoro. Às vezes electrocutado, uma ígnea linha escrita
para dizer o abastecimento de estrelas
em cal escaldando, da poesia.
Alguém sai para jardins miraculosos com o espelho
arqueado onde se apoiam as luzes magnificando
através. Aos pedaços faiscantes do ar chamam:
as imagens; ardem nos paus
de flora; visitam-nas besouros no meio de alimento
e morte. Oh, a poesia
brilhante se alguém acorda com a sua nuvem entre os braços com
os seus raios o soberano,
mas nenhum é mestre nenhum dos que têm o dom das madres
é mestre dos elementos — estivesse ele ainda em laço amargo,
quente laço, em umbigo ou placenta

ou sal, estivesse
filho intratável: nunca seria mestre. Ninguém sabe:
sono e vigília e dentro e fora e alto e baixo; magia é um arrepio
canibal, um canto. E o canto doma os animais, acorda
Eurídice pelo coração. Amor, abre-me os feixes na testa com as unhas rútilas,
[esse
equipamento feroz; munificia-me: eu sei eu
perdi-me entre a realeza dos mortos eu sei que levaram o, diz-se: quotidiano
até ao
extraordinário: madres e os cordões irrigando os sacos.
Porque tudo é canto de louvor na vida
inspirada, tudo porque acaba na mesa: garfo e faca às faíscas
e a carne no prato. Devoro a minha língua; cintila ainda.
Lirismo antropofágico, visão, oh sucessivo.
A poesia é um baptismo atónito, sim uma palavra
surpreendida para cada coisa: nobreza, um supremo
etc.
das vozes —

Doces criaturas de mãos levantadas, ferozes cabeleiras, centrífugas pelos
[olhos para
se deslumbrarem com
a iluminação, entretecidas, membros
com membros, nos confins. Se lhes dão voz, se uma
fala nos círculos. "Mestres,". Mas pode alguém ser mestre
aqui, de onde
se ofuscam, cândidos animais transmudando-se?
"Eu sou o manancial nos hortos inocentes."
Nenhum mestre, porque se eles
se tocam
— um ao outro desabrocham: a pancada no amarelo
ou no branco enflora o mundo. "Mas eu não me conheço
sem a força que me passa, toda
em imagem
destravada ao jubileu das memórias; batem-lhe no rosto
os galhos de sal, e ele toca-me — e
abre — e
tranca. Tranca-me numa pedraria
vibrante. Para que eu me revele em mim. E me sele nas palavras com veias.
Alvoroço a madeira sonora com a fria loucura da música.
Às dedadas amasso o bloco a dois reluzindo pela cicatriz que o cose
do cóccix ao occípite. Chamo
até aos extremos do nome, ele é o nome nas respirações
cantadas. Mestres,".
Os mestres viram como estremecera ao afundar-se na água
negra, quando ela
era água metida pela noite dentro. E viram-nos
depois sob as varas
salgadas: lavradas
armas que se encostam ao mundo,

altas armas abrasadas contra o mundo nocturno.
"Tornei mortal o cantor na sua cana cantora
Deus olha-o na cara, e ele sonha-me; Deus enlaça-o, rutila; Deus
e os seus mamíferos, em mim, canto,
biografia rítmica. Mestres,".
Que não há mestres, esses eram donos dos latifúndios bravios onde se planta
o sal. Mas estes, no seu canto pequeno,
crispavam-se
entre braços e umbigos, entre sexos
e bocas. Tinham a sua coroa talhada na polpa
de um diamante. Uma coroa
cravada na carne da cabeça. Quem é o arco ou a flecha,
quem se retesa, quem
mata? Porque tanto a flauta como a sua melodia. Tanto
a mão como a sua escrita. Tanto uma
onda de escarlate
cruel
no espelho devassado para baixo e para cima. Arrebata-os
o demoníaco. São os indígenas do ouro.
Um é a cana, outro é o som.
O som destroça a cana.
"Mestres,".
Cada um é a sua arma, cada um é o lanho da sua arma à altura
da garganta cortada. A voz
de um no outro, a entoação amarga —

1989.

DO MUNDO
— 1991-1994 —
(fragmentos)

I

Pus-me a saber: estou branca sobre uma arte
fluxa e refluxa:
a lua nasce da roupa fria, sai-me a cabeça
das zonas da limalha,
dos buracos fortes da água.
Diz ela. Reluzo como um carneiro,
pêlo aos anéis no mármore vivo, ou redemoinhando a estrela.
Tranço ramas de sal e de enxofre.
Diz a criança: a tontura amarela das luzes quando abro para o vento,
quando ao longo da noite que me percorre,
aqui — abrasada a gramática,
aqui está o meu nome posto em uso.
As coisas pensam todas ao mesmo tempo.
Os animais, o seu clima de ouro.
Diz.
Com a lepra na boca, a lepra que não me deixa falar.
Água das madres pelo umbigo, a lua exalta-me o nome,
para que eu cresça à sua volta, para que eu possa
um dia
morrer dele, inundada, lustral.
É uma arte louca.

•

Água sombria fechada num lugar luminoso, noite,
e depois tu,
criança orvalhada.
De que é feito o centro do nome diamante,
a pedra diamante com água rasando as bordas.
Nem a ressaca das searas poderosas.
Não sabes onde um cometa se despenha como
se um rio de quartzo por trás de tudo quebrado a meio do escuro,
deslumbrando por ali abaixo.
O teu espaço, clarão a página inteira.
De que é feito.
Criança devorada por toda a luz da terra.
E na suprema faixa cristalográfica onde é mais pesada a água
desabrocha a gárgula: caindo,
a água esmaga-te.

•

Rosas divagadas pelas roseiras, as sombras das rosas
seguram-nas no ar
enquanto espumam batidas à lua, devoradas.
Com a lepra na boca no instante da palavra, oh
sim: memória da criança da terra andando
entre as cores primitivas.
E esperar que a lepra cubra os dedos, escrever: Rosa —
encadeado na rotação do nome.
Ir colher ao último alfabeto
a rosa extremamente escrita.

II

Pode colher-se na espera da árvore,
chama coada,
o fruto —
no feixe de linhas e fibras do corpo da madeira pelo sítio mais rude, mais intenso,
a madeira profunda, mas,
quem pensaria?, a alma da madeira:
nem orvalho nem seiva nem resina,
apenas a demora carbónica de ciclo em cicio,
a demora dos nomes,
gota de luz cardeal:
um diamante —
pode colher-se o diamante,
pode-se entrar no inferno com a mão cerimonial à frente.

•

Uma colher a transbordar de azeite:
a mão treme quando
se transpõe o fio que divide o mundo:
colheres do fogo:
o seu clarão calcina pálpebras e pupilas
— colheres rasas de áscuas em equilíbrio
sobre os abismos atómicos
dos dias.

•

Leia-se esta paisagem da direita para a esquerda e vice-versa
e de baixo para cima.
Saltem-se as linhas alvoroçadas sob os olhos.
Quem leia, se ler, aprenda:
alguém anda sobre as águas,
alguém branco, nu, pedra de ouro na boca, braços abertos.
As águas atravessam os espelhos.
Leia-se à luz que vem das águas.
A espuma é a pressa das águas que atravessam.
Aprenda à força da luz da espuma:
esta ciência é ver com o corpo o corpo iluminado.
E enquanto atravessa, andando sobre as águas
que o iluminam,
a membrana de si próprio, espelho até ao cabelo
frio, que entre,
lendo-se,
através, para o escuro, largo nos braços,
a pancada a fogo instantâneo no meio dos olhos.
E então a luz une-se a toda a volta e cai
no abismo dos espelhos.

III

Abre o buraco à força de homem,
faz um segredo:
o tema é: bater a massa enxuta, batê-la a pulso até
que transpire toda, respire
toda,
o negro com o amarelo revolvido,
quebrar a água em cima;
que as lojas convivam: loja da água primeva,
e a do fogo —
entre as coisas desabridas quero a minha arte mulheril, diz
ela, fornalhas:
da altura das mãos à altura dos tectos,
um cântaro abraçado no seu arco vivo,
cântaros,
o estendal do visível,
e riscos e combinações de riscos, riscos de estrelas lapidadas
— sento-me nos tronos um a um, diz ela: é uma sarça:
como se os ímanes corressem pelas limalhas, as substâncias
rebarbativas, substâncias
ao palpite, quantidade
e a qualidade ganha no crivo: o amarelo por instinto,
ciência da noite —
alguém levanta-se de um sonho e,
com ferida e minúcia e fervor,
mexe nessas pequenas coisas,
uma técnica do ouro
na escuridão:
por mistério é que existe, por mistério

é transparente, ou vermelha, mistério
é o dom que nem sempre vê quem olha de fora —
exemplos de enquanto se temperam as argilas, se lavram,
e nascem talhas, potes, bilhas, tocamos em louças e elas vibram:
são o adorno e poderio dos sítios onde morremos
— como se diz: pneuma,
terrífica é a terra e no entanto nada mais do que um pouco:
criar matérias —
e depois, a nossos pés, constelações, e os rostos
alumbrados pelas áscuas dentro delas, nós, as soberanas
de trono em trono,
movendo
as labaredas, coando-as através do elemento água:
se alguém mete de encontro à respiração as corolas cerâmicas das
[jarras,
faz um segredo, isso: caldeia
os artefactos:
ouro que transborda,
e o mundo.

•

Folheie as mãos nas plainas enquanto desusa a gramática da madeira, obscura
memória: a seiva atravessa-a.
Que a mão lhe seja oblíqua.
Aplaina as tábuas baixas e sonolentas — torne-as
ágeis.
Leveza, oh faça-a como a do ar que entra nelas.
Por súbita verdade a oficina se ilude: que,
de inspiração,
o marceneiro transtorne o artesanato do mundo.
Aparelha, aparelha as tábuas cândidas.
A sua vida é cada vez mais lenta.
Como entra o ar na gramática!
Que Deus apareça.

•

Tanto lavra as madeiras para que seja outro o espaço
a segui-lo: não as mobílias,
traves das salas, nem as janelas e portas,
ou os barcos nos campos de água;
lavra a estaca e irrompe dela,
da fria seiva trançada,
pontos de força,
vibração, respiração das fibras: irrompe
a flor chamada Chaga
— e é esse o espaço que o segue, que ele arruma, onde se põe
em equilíbrio,
nomeando os artefactos, colhendo o ar que se exala
da linha de nomes sobre o abismo,
e por cima do abismo ele brande aquela vara
com a cor
ao toque no fundo:
tão intrínseco e junto, tudo, e explícito: dor e ornamento,
e o ornamento é tão
experimentado no mundo, e trabalhado em madeiras e dedos,
tão sofrido como atenção, que ele mesmo
sustém a chaga ao lume do seu baptismo,
e cerrando o extenuante espaço do concreto
dentro de si,
vive disso.

•

Nem sempre se tem a voltagem das coisas: mesa aqui, fogão aceso,
torneiras fechadas com aquela assombrosa massa de água
atrás, à espera,
roupas, madeiras, livros.
Oh como alguém espera que a luz se levante asperamente até à cara.
Ou se espera ver em alguém assim
tocado ver

o sangue nos orifícios da cabeça, ou
melhor:
amígdalas, palato, língua, a voz tratada a sangue e rapidez.
E a maneira de andar na escuridão sob as gotas,
cuidar da ferida, cuidar
da gramática, árduo cuidar, quem
pensaria?, cuidar da música,
do mundo.
Há um azul selvagem defronte se alguém se vira,
nas costas rebenta a espuma.
Que sim, que os elementos através da casa: um espaço
na beleza: água atrás das paredes,
fogo nas botijas,
cristal nas unhas.
Mantém o nome, tu, o gás cingido pelos aros de ferro, mesa
e papéis, a morte atenta, mantém-na, tarda, não
tarda, abertas, fechadas
as torneiras.
Oh mundo escrito dolorosamente nas faixas de seda
saída de bichos como que
plenos, em brasa, mas
macios, saída
do âmago dos bichos.
Quem morre morre, tão fulgurante nas mãos e na testa.
O bafo trabalha nas linhas perigosas.
A estrela estala.

IV

Este que chegou ao seu poema pelo mais alto que os poemas têm
chegou ao sítio de acabar com o mundo: não o quero
para o enlevo, o erro, disse,
quero-o para a estrela plenária que há nalguns sítios de alguns poemas
abruptos, sem autoria.
Esteve ali a descobrir a ríspida maneira
daquilo:
plutónio, o abismo.
A luz trabalhava à rapidez do esplendor.
Os pregos vivos pela cabeça dentro, eu sei.
Vaso feito ao vivo, soprado quente, disse, eu sei.
O sistema do som no recôndito do poema para sempre,
poema incólume, de
música e
magnificação.
Onde se fica para o delírio, na parte
alta, devorada pelo ouro, a parte inóspita.
Frequentado também pelo mais simples:
quantidade e frescura, exemplo:
as frutas embebedam.
Alguém disse: a estrela absoluta entrou pela tua suavidade.
Travessa a travessa de osso — porque eras virgem — e transmudou-te.
Filho.
A boca a doer com o bafo e o hausto.
Queimado onde se fecha a carne, ou aberto pode
dizer-se
como buraco de matéria materna.

Áspera sacaria em cima:
sacos brilhando, sacos de sangue amarrado.

•

Trabalha naquilo antigo enquanto o mundo se move
para o centro de si mesmo,
como se todos os pontos em que trabalhas fossem o centro do mundo.

•

Se se pudesse, se um insecto exímio pudesse,
com o seu nome do princípio,
entrar numa turquesa, monstruosa pela amplitude
da cor e do exemplo,
se até ao coração da pedra e dele mesmo
devorasse a matéria exaltada,
por si e por ela e pelo nome primeiro ficaria
vivo: profundamente
num único nó de corpo,
e brilharia até se consumir
de si, todo — e a terra, suportaria ela
o poema disso?

•

Sou eu, assimétrico, artesão, anterior
— na infância, no inferno.
Desarrumado num retrato em ouro todo aberto.
A luz apoia-se nos planos de ar e água sobrepostos,
e entre eles desenvolvem-se
as matérias.
Trabalho um nome, o meu nome, a dor do sangue,
defronte
da massa inóspita ou da massa
mansa de outros nomes.

142

Vinhos enxameados, copos, facas, frutos opacos, leves
nomes,
escrevem-nos os dedos ferozes no papel
pouco, próximo. Tudo se purifica: o mundo
e o seu vocabulário. No retrato e no rosto, nas idades em que,
gramatical, carnalmente, me reparto.
Desequilibro-me para o lado onde trabalha a morte.
O lado em como isto se cala.

V

O astro peristáltico passado da vagina à boca,
mãe e filho, pelo filho passado
à luz escrita:
com dedos virgens
arranco ao mundo os objectos da noite e do dia,
arranco-os, brilhando, disponho-os
assim urgentes
na teia electrónica do idioma:
e em todas as linhas de mármore do poema do nascimento
sinto o abalo,
a respiração narrativa:
orvalho sobre a fruta,
fruta no prato,
e garfo e faca para abrir o coração da fruta
na mesa ponta a ponta acesa:
insectos cheios de nome, o astro como uma aranha na teia
devora-os vivos
— e então eu morro do que nasci na boca,
e ponho o mármore em cima do poema para que nada se mova.

•

Selaram-no com um nó vivo como se faz a um odre,
a ele, o dos membros trançados, o recôndito.
Podiam arrancá-lo aos limbos, à virgindade, ao pouco,
destrançá-lo

para o potente e o suave do mundo:
as ramas de leite que se devoram,
sal e mel que se devoram,
pão, o alimento ígneo,
a testa lavorada pela estrela saída agora da forja.
Custara-lhe que a cabeça e os membros atravessassem a vagina materna.
Mas depois os dois lados da cabeça refulgiram muito,
e ele ergueu-se à altura do seu nome,
antebraços apanhando a luz, pés a correr como em cima de água,
torso puro: algures, algo.
E então selaram-no, e à púrpura nele, e à música jubilatória dos tubos
[na boca,
nó de couro num odre vivo,
a frescura como uma chaga:
louco, bêbado. E selado
luzia.

•

Duro, o sopro e o sangue tornaram-no duro,
as mães não o acalentam, ele,
o sombrio filho das gramáticas,
porque já não quer o peso, o pesadelo:
membros por cima da cabeça e por baixo da barriga,
saco selado a nós de osso, vivo, saco
vivo, osso vivo, dentro um montão
de tripas
brilhando, autor,
como se ele mesmo fosse o poema, lembra-se, o primeiro,
[talhando o fôlego,
o das substâncias
quentes, respiração e soluço, o dos elementos:
coziam-se pinhas, pérolas, abelhas, o floral das varas: lume,
se Deus atiçasse ao mesmo tempo as obras —

com uma volta de vento nas mãos fazia
um dia total, o abismo,
ou propriamente o pomar do mundo:
paus estuando de uma agudeza para dentro das frutas,
as laranjeiras com as labaredas,
colinas,
as colinas estremecem pelo poder das laranjas,
ou outros exemplos: que as mães trazem da sua noite a
[curva
arcaicamente rútila de uma bilha e levam-na até à água fechada,
[e abrem-na,
e a e a água é rútila na bilha,
e por cima do ar comburente e da água tão forte,
poema do começo,
o sistema sideral infunde-se nos trabalhos do terror e da
[doçura:
a ideia, a idade,
o idioma:
o mais rouco ou mais leve ou de azougue —
poema que desconheço, o antigo, o novíssimo,
o que devora
a mão que o escreve: no papel fica apenas
sal de ouro,
e vê-se tão bem como o rosto se eleva
da sua condição de cometa escarpado caído
raso,
e depois erguido defronte das câmaras,
por entre as pranchas de mármore das florestas da terra,
limpo, lento
— um toque secreto na têmpora,
o tremor da música na boca,
porque é o primeiro e o último baptismo:
o poema escreve o poeta nos recessos mais baixos,
às vezes o nome enche-se de água quebrada no gargalo da
[bilha,
às vezes é um nome esvaziado de água:

146

a sangue grosso,
a árduo sopro,
quando o rosto inquilino da luz já não se filma.

POSFACIAL

Maria Lúcia Dal Farra

O poema de Herberto Helder é sempre um organismo gerador de energia, de luz apenas entremostrada, que estimula e conturba a vista (a inteligência) com desassossegos de claro e escuro, com façanhas de relâmpagos riscando a tela (já então) pasma do entendimento[1]. Essa escrita se ostenta como a caligrafia extrema do mundo, como o talento de aplicar as mãos sobre a matéria prima da terra, de modo a não mostrar o que resta — mas o que falta. Por isso mesmo, a poesia helderiana realiza uma aventura que opera sobre o imaginário a ponto de conduzir a realidade até o enigma, abrindo-a em decifrações cada vez mais problemáticas, a constatarem (enfaticamente) a incessante permanência dos mistérios. Seu milagre é o de — por entre a sombria e fulgurante guerra de imagens, símbolos, metáforas, contradições, alegorias, alusões, obliqüidades, descontínuos, incompletudes, sobrecarregamentos, etc. — arrancar da matéria

---

1) Em "O bebedor nocturno", inserido em *Poesia toda 1* (Lisboa, Plátano Editora, fev. 1973, p. 210), Helder refere, por exemplo, a "temperatura" da sua imagem, a "velocidade" do seu ritmo, a "saturação atmosférica" dos seus vocábulos.

residual inativa (que é o mundo) a raiz ainda viva de cada coisa, de modo a ceder ao espírito a recuperação dos esquecidos vasos energéticos que nunca deixaram de estar unidos à mesma matéria.

Digamos, pois, que esse poema é um instrumento para tomar de assédio o corpo: é um soco, uma pancada forte, uma ferramenta de acordar as vísceras. Pode ser um animal, algo assim que funcione em estado de máquina vital; uma paisagem ou mesmo um provedor cibernético, cujos terminais arremessam o leitor para dentro de fantásticos e vertiginosos mundos virtuais.

Quero sublinhar primeiro com isso que essa obra nasce, antes de tudo, de uma desconfiança básica diante do real, de tal modo que é como se cada poema seu nos interrogasse sempre: afinal, onde é que está afixado o cartaz "Isto é a realidade?" O fato é que Herberto Helder construiu para si, a partir de tal suspeita, uma maneira absolutamente rigorosa de dizer o arbitrário, um jeito de fazer cada palavra ser, com segurança, outra coisa que não ela mesma. E é assim que se pode sugerir que sua poesia vive e respira em um território de flutuações indisciplinares (todavia organicamente flexionadas), que ela própria vai, pouco a pouco, conquistando e instaurando. E narro, a propósito disso, o caso emblemático de dois pintores helderianos.

O naturalista, procurando reproduzir na tela o peixe encarnado que passeia pelo aquário, e buscando ser o mais fiel possível a seu modelo, acaba por fixá-lo em... amarelo. E isto por que, enquanto se submetia à imitação, o nosso astucioso peixe passara do encarnado para o negro, ensinando-nos (e ao pintor) que a metamorfose é a lei fundamental que preside à natureza. O outro artista, ou ainda o mesmo, mas já agora iniciado nas insídias do real, pinta onças que não o são, pois que não passam, afinal, "de manchas amarelas hipnoticamente caligrafadas lá dentro". Deste jeito, obtém o essencial, ou seja, o modo fulminante de atirar o espectador (o leitor) para uma "outra respiração", porque — é de se notar! — os leopardos são outros... e os signos têm de perder essa irritante obsessão de quererem sempre se prestar de casas onde fazer morar a realidade. É preciso, segundo Helder, parar "com essa indecência de habitação, com essa velha história pornográfica dos planos de realidade!"[2]

Por isso mesmo, cada imagem em Herberto Helder ganha contornos (e assim me refiro para buscar tornar concreto o que é absoluto abstrato) de uma dança frenética executada em extrema ligeireza, ao mesmo tempo densa, cerrada demais. Temos diante dos olhos assim como um cinema de palavras, onde as coisas se agitam em fulgurações e frêmitos, em lumes apenas ateados, em volutas, voragens, em espasmos, contra o painel permanente da ameaça de nomeação. Tudo fica, nessa velocidade, impregnado de alta tensão, e as fagulhas que as palavras exalam saltam, simultâneas, com tanta intensidade, que a linguagem se deixa arder no ato de leitura — chamas mantidas e sustentadas à custa da nossa própria respiração de leitor.

Quanto ao modo de capturar esse arisco real, Helder está

---

2) Ambos os casos que lembrei são leitura de dois textos helderianos: de "Era uma vez um pintor...", publicado na *Poesia experimental 1* (Lisboa, Cadernos de Hoje, abr 1964, s.p.) e também no *Catálogo* da exposição de esculturas de Fernando Conduto (1967), bem como no *Catálogo* de exposição de pinturas de Manuel Cargaleiro (1968), também em *Vocação animal* (Lisboa, D. Quixote, maio 1971, pp. 11-12) e, já na última versão de *Retrato em movimento*, com o título de "As maneiras II", em *Poesia toda 2* (Lisboa, Plátano Editora, fev. 1973, pp. 77-78). O outro texto tem por título "(leopardos)" e está em *Photomaton & vox* (Lisboa, Assírio e Alvim, 1979, pp. 125-127).

convencido de que Rimbaud (aquele que inventou a visão abissal) se equivocou... Muito embora haja aqui um embaraço de cronologias, fique-se sabendo que não é se valendo de um "bateau" que se podem aprisionar melhor as prestidigitações da natureza, mas antes, de um "helicoptère ivre"... Claro está que nem todos os poetas são dessa opinião! Mesmo em tempos como os nossos, há aqueles afeitos ao hipismo ou, ainda, os que viajam de mala-posta; há, de resto, outros tantos que persistem em praticar, para tal, vagares de galinhola. Mas é bom não esquecer que Marilyn Monroe *dixit* que é de cima de uma bicicleta que melhor se pode contemplar a natureza; e, muito embora Helder tenha assim pedalado, e se exercitado também um bocado em *skates*, foi forçoso a ele, pra quem o movimento é tudo, abandonar, por convicções motociclísticas e automobilísticas, a *bike*, penetrando, então, no tráfego aéreo verticalizado, para abusar, desde há muito, do tal do helicóptero embebedado.

Aliás, a idéia de bicicleta para aferição de paisagens poéticas data, por assim dizer, dos longes, do antigamente da arte: para ser mais precisa, ela já estava contida na *Anunciação* de Fra Angelico. Ali, "a bicicleta do Arcanjo São Gabriel, anunciando a Maria a eleição e a subversão da natureza — a fecundidade na virgindade — é pintada de azul, ouro e prata. Como não se vê, Fra Angélico usa a metáfora das asas nas costas do anjo, e pede desculpa com muitas cores. Foi preciso decifrar completamente esta metáfora para inventar a bicicleta[3].

Se o meio de locomoção é imprescindível para a tarefa poética, o mesmo se pode dizer do instrumento que, para os olhos, o poeta carrega nas mãos. Helder passou, da máquina fotográfica, da *kodak*, do retrato em movimento, do *photomaton* e do *flash*, para o jogo combinatório da linguagem, para a câmera cinematográfica, e para as mais inebriantes e ousadas montagens. Aliás, estas conservam o mesmo teor da vocação tradutora que nunca o abandona, ambas de

---

3) Estou me reportando, de início, ao texto "Declaram que...", publicado primeiro em *Nova 1, Magazine de poesia e desenho* (Lisboa, Jornal do Fundão, Inverno de 1975-1976, pp. 1-5) e depois reproduzido no já citado *Photomaton & vox* (às pp. 63-71) com o título "(a paisagem é um ponto de vista)". Em seguida, cito o texto do mesmo livro (à p. 111), intitulado "(motocicletas da anunciação)".

igual linhagem canibalística e antropofágica, o que confirma, da mesma forma, a crueldade, o assassinato, o suicídio, a loucura como a índole mais íntima desta poética[4]. Porque (é bom não esquecer!) a poesia é a revolta do bloco do eu sozinho, e os poemas se perfazem como crimes, como atos explosivos que bombardeiam o próprio centro do mundo; de modo que, para tal, o conselho de Rimbaud (do qual a poética da crueldade de Artaud e de outros tantos jamais se olvidam!) é precioso, visto que se trata, afinal, de "faire l'âme monstrueuse: à l'instar des comprachicos, quoi! Imaginez un homme s'implantant et se cultietvant des verrues sur le visage..."[5]

---

4) *Retrato em movimento* (1967), *Kodak* (1968), *Photomaton & vox* (1979) e *Flash* (1980) são títulos de obras helderianas. Recordo o exercício combinatório que empreendem *A máquina lírica* (publicada de início com o título de *Electronicolírica*, em 1964), *A máquina de emaranhar paisagens* (1963) e *Comunicação académica* (1963). Outra obra de Herberto Helder, *Húmus* (1967), é levantada a partir de fulgurantes e extraordinárias montagens do *Húmus* de Raul Brandão. Por outro lado, *O bebedor nocturno* (1968), *As magias* (1987), *Ouolof*, *Poemas ameríndios*, *Doze nós numa corda* (1997) são obras ditas de versões, são "poemas mudados para português", enquanto *Antropofagias* (1971) opera uma espécie de *ars poetica* ancorada na leitura, por assim dizer, vampiresca das mais importantes teorias da poesia da modernidade, nesta obra praticadas e transformadas, através de um desestudo delas, já que o "acerto está no coração do erro".
5) Cf a carta de Rimbaud a Paul Demeny, em *Oeuvres complètes* (Paris, Gallimard, 1972, éd. Établie, présentée et annotée par Antoine Adam, p. 251).

A tradução (é preciso que se diga) também imprime ao significado a tal requerida velocidade. Imagine-se verter, para quinze línguas diferentes, uma mesma coisa. A pobre coisa tende, certamente, a tornar-se cada vez menos ela própria, transformada, assim, em uma "colorida e abstracta proliferação sonora", sobrevivendo em perfeito "estado de Babel" — compleição, aliás, a mais apreciada pelo poliglota de Helder. Porque este é, sem dúvida, um aventureiro completo: "o seu pensamento, partindo do hebraico, dá um salto quase místico no latim e cai de cabeça para baixo no grego antigo. (...) Faz disparates destes: verte de nauatle para esquimó, emocionando-se em banto e pensando em chinês, um texto que o interessou por qualquer ressonância árabe."[6]

Se o movimento e a rapidez são procedimentos imprescindíveis ao poeta, isto se deve ao enorme pendor de metamorfose que carreiam à realidade focada. E se a estes se entremeia, de súbito, um *stop*, uma imprevista paragem, morosa, numa instância a mais insólita da veloz transmutação, aí então a mágica do real tende a se revelar com maior ímpeto. Eis por que razão Herberto Helder também se iniciou nos aprazíveis sítios das ciências esotéricas, operando uma alquimia sobre a linguagem[7].

Num estádio desse tipo, ativando a vida íntima de tudo quanto é exteriormente imóvel ou suspendendo a vida móvel daquilo que parece ser dinâmico, Helder auxilia a natureza, digamos assim, na medida em que oferece, aos corpos, atividades que, em aparência, eles não têm,

---

6) Estou aqui lendo a apresentação a *O bebedor nocturno* (Lisboa, Portugália, mar.1968), também reproduzida com o título "(o bebedor nocturno)" em *Photomaton & vox* (às pp. 74-76).

7) Este é, aliás, o título de uma obra que dediquei ao estudo de suas produções: *A alquimia da linguagem. Leitura da cosmogonia poética de Herberto Helder* (Lisboa, Imprensa Nacional/Casa da Moeda, 1986, 308 pp.), para a qual envio o leitor. A propósito, arrolo também alguns outros ensaios meus acerca dessa obra: "Para o leitor ler de/vagar Herberto Helder" (*Revista Letras* n. 24. Curitiba, Universidade Federal do Paraná, 1975, pp. 219-227), "Herberto Helder, leitor de Camões" (*Revista Camoniana*. São Paulo. Faculdade de Filosofia, Letras e Ciências Humanas da USP, 1978, pp. 167-190), "Herberto Helder: a *ars poetica* do assassino assimétrico" (*Estudos Portugueses e Africanos* n. 1. Campinas, UNICAMP, 1983, pp. 79-94), "Herberto Helder, *A cabeça entre as mãos*" (*Leia Livros* n. 66. São Paulo, Editora Brasiliense, 1984, p.17).

retirando-os do ensimesmamento, da sua prisão, da tumba de Osíris em que se encontram — que é assim que se diz no código hermético. É como se Helder operasse sobre o mundo através do ensinamento "ambula ab intra", ou seja, por meio do "VITRIOL", abreviação do hermético aforismo "visita interiora terrae, rectificando invenies occultum lapidem", exercendo sobre as coisas o princípio do "solve et coagula". Procedendo desse modo, o poeta colhe um certo passo do processo de um fenômeno, portanto, sem se apoderar do objeto já completo, de modo a manipulá-lo no instante mesmo, na iminência da sua formação, justo entre uma e outra seqüência da cadeia do seu devir natural. É como se esse ser, vigiado plasticamente no seu labor íntimo (e daí o recurso das técnicas cinematográficas a socorrerem o processo alquímico helderiano), abdicasse das prerrogativas de continuidade da sua marcha privada para colocá-la à mercê do poeta, que a faz então cumprir-se segundo outras e diferentes leis que as originais.

Trata-se, pois, de algo equiparável a uma interferência exercida sobre um processo *vulgar* para obtenção do *ouro*, já que Helder atua sobre esse corpo no instante da formação de sua entidade, devolvendo, pois, a uma nova existência tal objeto, agora transmutado. Daí que as candeias possam, na sua obra, parar "no meio de sua chama", que o perfume bata "dentro do rigor dos cravos", que durma na romã "um fogo delicado", que as estátuas sejam, afinal, "corpos metidos em gestos parados", que as maçãs rolem "no impulso do gosto repentino", que as árvores transpirem "no centro de uma beleza insondável", que o pássaro se encoste ao canto, que a cor da fruta seja "alta e feroz", que a "trémula doçura da farinha" se abra, que a boca fique "impressa na doçura intransponível da pêra", que o pé se agarre ao movimento[8]. O processo é, afinal, este que o nosso poeta explicita diretamente: "o ponto é propiciar o aparecimento de um espaço, e então exercer sobre ele a maior violência. Como se o metal acabasse por chegar às mãos — e depois batê-lo com toda a força e com todos os martelos. Até o espaço ceder, até o metal ganhar uma forma que surpreenda as próprias mãos."[9]

---

8) São exemplos colhidos a esmo em "Retrato em movimento" (*Poesia toda 2*, op. cit.)
9) Esta citação provém do texto "(desenho)", de *Photomaton & vox* (à p. 88).

A cinematografia, com suas possibilidades de amplificação, *close*, minimização, movimentação, retardo, aceleração de imagens, montagem e outros tantos recursos mais, parece oferecer o elenco de subsídios plásticos para essa alquimia: é como se a visualização fosse interna e ajudasse a focalizar o lugar íntimo de aconchego, descerrado pela operação hermética, onde a planta fabrica a sua seiva, onde o vinho fica atento à embriaguez, onde a madeira lateja. Helder promove, assim, o liame entre uma tecnologia de ponta, a mais alta (e a informática e quaisquer efeitos spielbergianos foram antes inventados por essa poesia, e nela efetivados, para depois seguirem seu conhecido curso na práxis computacional e cinematográfica) e a mais antiga ciência, as mais remotas origens apocalípticas, alojando dessa forma a sua obra entre o mítico e o utópico[10].

É, portanto, na tradição do *illisible* e do *inouï*, na esteira de Baudelaire, Rimbaud, Mallarmé (do poema que se faz como resistência e afronta aos discursos dominantes e facilmente consumíveis), passando pelo surrealismo, pela experimentação, e exercendo-se como vanguarda permanente, que as vinte e nove obras poéticas de Herberto Helder (para além das duas obras em prosa), produzidas entre 1958 e 2000, se apresentam ao leitor.[11] São elas constelações erráticas, zodíaco comburente, palimpsestos, na trilha da zona anônima da linguagem,

---

10) Atento para o fato de que *Cobra* (Lisboa, & etc, julho-agosto de 1977) é a obra de Helder onde o processo alquímico se insinua mais pontual através da imagem edificada do oroboro, hermetismo também presente em *O corpo O luxo A obra* (Lisboa, & etc, jul. 1978); que *Os selos*, inserido na última edição de *Poesia toda* (Lisboa, Assírio & Alvim, nove. 1990, pp. 547-571) e publicado anteriormente em *As escadas não têm degraus* n. 3 (de mar. 1990), trazem fortes componentes do *Velho testamento*, assim como a já citada *A máquina de emaranhar paisagens*. Ao livro de 1988, Helder intitulou *Última ciência* (Lisboa, Assírio & Alvim, nov. 1988), enquanto que um de seus últimos, o de 1994, traz por nome *Do mundo* (Lisboa, Assírio & Alvim, out. 1994).

Gostaria também de endereçar o leitor para ao estudo de Juliet Perkins, *The feminine in the poetry of Herberto Helder* (Londres, Tamesis Books Limited, 1992), que descerra justo o aspecto mítico, arquetípico, mas absolutamente herético, da obra de Helder.

11) Para além das duas obras em prosa (*Os passos em volta*, de 1962, e *Apresentação do rosto*, de 1967), remeto o leitor para uma curiosa e preciosa antologia, a *Edoi lelia doura. Antologia das vozes comunicantes da poesia moderna portuguesa*, organizada pelo poeta e publicada pela Assírio e Alvim em Lisboa, jan. 1985, contendo 314 páginas.

das formas interiores e dos ritmos telepáticos, dos climas do vazio, das inteligências para o equívoco, de uma escrita impossível e, sobretudo, do conhecimento informulado[12].

Neste rápido vôo de pássaro sobre a poética de Helder, longe de mim a intenção de elucidá-la para os senhores. Eis aqui uma obra autônoma, maior de idade, veemente ao extremo, de modo que ela própria se diz. De resto, lembro apenas que para todo o autor é sempre

"difícil viver entre a falsa inteligência alheia. Antes ser absolutamente ininteligível perante uma ininteligência senhora de si do que ser devorado pelas partes que os outros escolhem, em puro abuso, para satisfação da própria inteligibilidade, deles, estrangeiros."[13]

---

12) Favor não confundir, como já o fizeram alguns, o conceito de *ilegibilidade*, aqui acionado (e que pertence à tradição crítica francesa desde pelo menos Rimbaud), com a usual acepção de texto impossível de ser decodificado e que não permite leitura. Compreende-se como *illisible,* neste contexto, o extravio ao código legível comum, a utilização deliberada de empecilhos de leitura, vincados na desculturalização e na desautomatização do sentido, ou, para usar a nomenclatura de Eco, de juízos metassemióticos - processo de escrita posto em curso a fim de opor resistência aos discursos dominantes e de problematizar qualquer tipo de linguagem consumível.

Como se sabe, segundo a teorização do semiólogo italiano — e remeto o leitor para a sua *As formas do conteúdo* (publicada em São Paulo, pela Editora Perspectiva, em 1974, na tradução de Pérola de Carvalho) — os juízos metassemióticos são aqueles que, nascidos no interior da semiose, sujeitam a exame os subcódigos conotativos, questionam a sua legitimidade, resistem à aquisição, ocasionando dificuldades de leitura. Assim, as conexões semânticas por eles operadas ainda se encontram inexploradas pela cultura, o que os indica enquanto juízos desobedientes e de valor subversivo, pois que, tomando significados culturalizados, eles os articulam de maneira proibida pelo código, a fim de obter semelhanças ou dissemelhanças nunca antes surpreendidas e, portanto, significados cuja trilha não havia sido ainda sulcada pela cultura. Recém-inaugurados, são ainda arcabouços de sentido, já que não podem se constituir como unidades culturais autônomas.

Assim, por exemplo, logo no primeiro livro de Herberto Helder, *O amor em visita,* que data de 1958, o leitor se depara com obstáculos desses, com arcabouços de sentido, já nos três primeiros versos que inauguram a sua obra. Reproduzo-os, grifando as zonas de extravio ao código comum e que se perfazem como núcleos de *foregrounding*:

"Dai-me uma jovem mulher com sua *harpa de sombra*
e seu *arbusto de sangue*. Com ela
encantarei a noite."

13) Estou citando o texto "(algumas razões)", de Herberto Helder, inserido no referido *Photomaton & vox.*

CRONOLOGIA

23.11.1930 - Nasce no Funchal, Ilha da Madeira.

1938/39 - Inicia os primeiros estudos.

1946 - Muda-se para Lisboa onde chega em julho deste ano.

1949/52 - Passagem meteórica pela Universidade de Coimbra, onde estuda primeiro Direito, e depois Filologia Românica, abandonando ambos os cursos sem completá-los. Passa a viver definitivamente em Lisboa, onde assume diversos empregos sempre de forma meteórica.

1953- Publica o primeiro poema num jornal de Coimbra, *A Briosa*, cujos colaboradores eram estudantes universitários.

1954/55 - Aparece uma coletânea, *Arquipélago*. Por razões particulares, regressa ao Funchal, onde fica durante um ano, e trabalha nos Serviço Meteorológico Nacional. Regressa definitivamente a Lisboa, não mais voltando à terra de origem.

1956/57 - Colabora em várias revistas e suplementos literários. Passa a freqüentar o Café Gelo onde se reuniam vários artistas de diversos setores, além de ter empregos os mais variados, sempre efêmeros.

1958 - Publica *O Amor em Visita*, primeiro livro do autor, em seguida enceta viagem por diversos países europeus — Holanda, França, Bélgica e Dinamarca.

1958/61 - Vive em errância por estes países, assumindo sempre empregos precários, sendo posteriormente repatriado. Aparecem dois livros: *A Colher na Boca* e *Poemacto*.

1962 - Publica *Lugar*. Trabalha nas Bibliotecas Itinerantes da Fundação Calouste Gulbenkian.

1963 - Publica *Os Passos em Volta*.

1964 - Sai a segunda edição de *Os Passos em Volta* e *Electronicolírica* posteriormente rebatizado como *A Máquina Lírica*.

1967 - Foi julgado no Supremo Tribunal de Lisboa por ter colaborado na edição de *Filosofia na Alcova*, de Sade, tendo sofrido 3 anos de pena suspensa, sendo expulso do emprego na Emissora Nacional. Publica *Húmus, Ofício Cantante* (a primeira reunião da sua poesia até então publicada).

1968/70 - Aparece *O Bebedor Nocturno*, primeiro volume de "poemas mudados" em que o autor apresenta o seu trabalho tradutório. Assume o cargo de editor na Editora Estampa de Lisboa. Regressa aos países por onde havia passado no final da década de 50. Sai a terceira edição de *Os Passos em Volta*.

1971 - Depois de regressar do périplo europeu, viaja em seguida para África, e estabelece-se em Angola onde trabalha como repórter. Sofre um acidente de automóvel, ficando hospitalizado três meses.

1972 - No fim deste ano regressa de Angola, tendo percorrido grande parte do território deste país.

1973 - Efetua uma viagem a Nova Yorque. São publicados os dois volumes de *Poesia Toda* pela Editora Plátano.

1974/75 - Com a Revolução dos Cravos, pede e consegue a readmissão na Emissora Nacional de onde havia sido expulso.

1977 - Publica *Cobra*.

1978 - Publica *O Corpo o Luxo a Obra*.

1979 - Publica *Photomaton & Vox*.

1980 - Sai a 4ª edição de *Os Passos em Volta*.

1981 - Sai a reedição da *Poesia Toda*.

1982 - Publica *A Cabeça entre as mãos*. É galardoado com o Prêmio do Pen-Cube de Portugal, e recusa-o.

1985 - Publica *Edoi Lelia Doura - antologia das vozes comunicantes da poesia moderna portuguesa*.

1987 - Publica *As Magias*.

1988 - Publica *A Última Ciência*.

1994 - Publica *Do Mundo*, e é premiado com o "Prêmio Pessoa" (cerca de US$30.OOO), mas recusa mais uma vez um prêmio literário revelando um posicionamento radical contra qualquer espécie de homenagem.

1997 - Publica quase em simultâneo *Ouolof, Doze Nós numa Corda*, e *Poemas Ameríndios*, volumes de traduções do poeta que prefere utilizar a designação de "poemas mudados".

Le Courrier du Centre International d'Études Poétiques dedica um número inteiro à obra do autor.

2000 - É um dos poetas homenageados no Salon du Livre da França, junto com Mário Cesariny, Sophia de Melo Breyner e Eugênio de Andrade. O poeta mais uma vez não participa na homenagem, mantendo-se oculto algures em Lisboa.

Este livro foi composto em *Times*
pela Iluminuras e terminou de ser
impresso no dia 15 de outubro de
2009 nas oficinas da *Gráfica Palas
Athena*, em São Paulo, SP em papel
offset 120 gramas.